W0313457

STARGÅTE
SG·1

Frank Rehfeld

STARGÅTE
SG·1

Das Bündnis

NACH DEM DREHBUCH UND DEN CHARAKTEREN
VON DEAN DEVLIN & ROLAND EMMERICH
FERNSEHBEARBEITUNG
VON JONATHAN GLASSNER & BRAD WRIGHT

BSV
Burgschmiet Verlag

Die Deutsche Bibliothek – CIP Einheitsaufnahme
Ein Titeldatensatz für diese Publikation ist bei der Deutschen Bibliothek erhältlich

ISBN 3-933731-91-7 – 1. Auflage 2002

Burgschmietstr. 2–4, 90419 Nürnberg

Covergestaltung: Michaela Brüssel
Satz: Reiner Swientek Fotosatz

PRINTED IN GERMANY

Dieses Buch
ist den Machern der engagiert gestalteten
Internet-Fanseite
*„**www.stargate-planet.de**"*
gewidmet, auf der ich bei meinen
Recherchen zur Serie eine Vielzahl
unersetzlicher Informationen
gefunden habe.

DER VERRAT

1

Zu Hause! dachte Teal'c.

Er lehnte im offenen Durchgang der Tür, hatte einen Arm gegen den Pfosten gelehnt und starrte in die Dunkelheit hinaus. Anstelle seiner SG-Uniform trug er ein einfaches langes Gewand, wie es unter den Zivilisten auf Chulak üblich war. Empfindungen widersprüchlichster Art erfüllten ihn, ohne dass es ihm gelang, Ordnung in das Durcheinander hinter seiner Stirn zu bringen.

Er war nach Hause zurückgekehrt.

Wieder und wieder wiederholte er diesen Gedanken, doch es blieb nur eine leere Worthülse. Teal'c fühlte Freude, wieder auf Chulak zu sein, dem Planeten, auf dem er zwar nicht geboren war, wo er aber den größten Teil seines bisherigen Lebens verbracht hatte. Zugleich strömten zahlreiche Erinnerungen auf ihn ein, doch das Gefühl einer wirklichen Heimkehr, das er erwartet hatte, blieb aus.

Vielleicht lag es daran, dass er schon zu lange nicht mehr hier lebte, sich schon zu weit von dieser Welt entfremdet hatte, um sich hier noch heimisch zu fühlen. Vielleicht aber auch daran, dass nur die wenigsten seiner Erinnerungen an Chulak glücklichen Momenten galten.

Er hörte leise Schritte hinter sich, dann legte sich eine Hand auf seine Schulter.

„Du wirkst bedrückt, alter Freund“, vernahm er Hakars Stimme.

Teal’c antwortete nicht, sondern starrte weiterhin in die Nacht hinaus. Der Himmel war klar und wolkenfrei, gesprenkelt mit den winzigen Lichtpünktchen unzähliger Sterne. Auch im Dorf unten im Tal drang Lichtschein aus zahlreichen Häusern. Alles vermittelte den Anschein eines durch und durch friedlichen Bildes, doch das war nicht mehr als eine trügerische Illusion.

Chulak war keine freie Welt, sondern befand sich im Würgegriff eines der schrecklichsten Tyrannen der Galaxis und seiner Helfer. Und das Schlimmste daran war, dass es sich bei diesen Helfern um Angehörige seines eigenen Volkes handelte, um Jaffa, die ihr Leben lang nichts anderes als Sklavendienst für die Goa’uld gekannt hatten und diese dafür noch als Götter anbeteten.

Der Gedanke erfüllte Teal’c mit ohnmächtigem Hass. Einst war er so wie die anderen gewesen, schlimmer sogar. Er hatte sich bis zum Primus und obersten Krieger von Apophis hochgedient, ehe er schließlich begriffen hatte, das es sich um den falschen Weg handelte.

Nicht zuletzt durch seine Mitwirkung war Apophis ums Leben gekommen, und auf seiner Chulak, seiner früheren Hauptwelt, hatte eine Zeit des Chaos’ und des Bürgerkrieges zwischen denen begonnen, die weiterhin treu zu den falschen Göttern standen, und denen, die das Joch der Tyrannei abschütteln wollten.

„Vielleicht haben wir uns in ihm getäuscht. Vielleicht ist er gar kein so tapferer Held und hat einfach nur Angst vor dem morgigen Tag“, mutmaßte Rak’nor.

Mit einer so plötzlichen Bewegung, dass Hakar seine Schulter losließ und erschrocken einen Schritt zurückwich, fuhr Teal'c herum und bedachte den jungen Jaffa mit einem zornigen Blick. Er setzte zu einer scharfen Antwort an, doch dann bemerkte er den spöttischen Gesichtsausdruck auf dem Gesicht seines Gegenübers.

Rak'nor war gerade erst fünfundzwanzig Jahre alt, doch sein Gesicht wies bereits die gleichen markanten Züge auf wie das seines Vaters. An der Stirn hatte er eine Narbe, wo einst sein Schlangensymbol gesessen hatte, das ihn als einen Krieger von Apophis auswies. Als er sich der Rebellion anschlossen hatte, hatte er es sich entfernen lassen, während Teal'c selbst auf diesen Schritt bislang verzichtet hatte. Er trug sein goldenes Stirnsymbol noch immer, als mahnende Erinnerung daran, auf welchem falschen Weg er sich einst befunden hatte. Wie viele andere Jaffa, die sich von den Goa'uld abgewandt hatten, schien Rak'nor darüber jedoch anders zu denken. Lässig lümmelte er auf einem Sitzkissen in der ansonsten spartanisch eingerichteten Hütte herum und grinste dabei herausfordernd. In der Hand hielt er einen Becher Wein.

Teal'c schluckte die wütende Entgegnung hinunter, die ihm auf der Zunge lag. Es war das Vorrecht der Jugend, respektlos zu sein. Wichtig war nur, dass Rak'nor auch vor den Goa'uld keinerlei Respekt verspürte. Darüber hinaus besaß er gerade bei vielen jüngeren Jaffa hohes Ansehen, wie man ihm versichert hatte.

„Du hast Recht", sagte er stattdessen. „Ich *habe* Angst vor morgen, aber das ist keine Schande. Ich habe Angst davor, dass ich mich getäuscht haben könnte, und sich die Jaffa von Chulak letztlich doch als zu feige im Kampf gegen die falschen Götter erweisen könnten. Und auch Angst, dass unsere Sache durch Hitzköpfe wie dich in Gefahr geraten könnte. Angst davor, dass durch bloßen Übereifer das Blut vieler – zu vieler – Unschuldiger vergossen werden könnte."

„Sei unbesorgt", erwiderte Rak'nor und wurde schlagartig ernst. „Ich weiß, wie viel auf dem Spiel steht und wie gefährlich unser Vorhaben ist. Morgen wird ein bedeutender Tag für unser Volk sein."

Teal'c lächelte.

„Du ähnelst sehr deinem Vater", sagte er. „Valar wäre stolz auf dich, wenn er sehen könnte, wie du dich entwickelt hast."

„Nicht mehr lange, und ich werde endlich Gelegenheit finden, seinen Tod zu rächen!", stieß Rak'nor hervor.

Teal'c verzichtete auch diesmal darauf, ihn zurechtzuweisen. Der Durst nach Rache war oft ein schlechter Ratgeber, wenn es um den Kampf gegen einen übermächtigen Feind ging, aber er konnte auch eine Quelle unbändiger Stärke sein, wie er aus eigener Erfahrung wusste. Erst vor wenigen Monaten war es ihm gelungen, nach vielen Jahren endlich den Tod seines eigenen Vaters an Chronos zu rächen. Nur sein Hass auf den Goa'uld hatte ihm die dafür nötige Kraft verliehen.

„Auf jeden Fall sind wir sehr froh, dass du nach Chulak zurückgekehrt bist", ergriff Hakar wieder das Wort. Der Jaffa war wesentlich älter als Rak'nor. Sein Haar war fast weiß. Im Dienst für Apophis hatte er bei einer Schlacht seinen linken Arm verloren, und sein Gesicht war von mehreren tiefen Narben entstellt, doch statt für seine Tapferkeit belohnt zu werden, war er von dem Goa'uld wegen seiner Niederlage im Kampf verstoßen worden. Hakar mochte alt und verkrüppelt sein, doch auch in ihm brannte das Feuer des Hasses auf die falschen Götter. „Es ist uns eine große Ehre, dich bei uns bewirten zu dürfen.

Viele Jaffa verehren dich als einen großen Helden unseres Volkes.“

Teal’c deutete eine Nicken an. Falsche Bescheidenheit war eine typisch menschliche Eigenschaft und einem Jaffa fremd.

„Ich wünschte, ich hätte schon früher zurückkehren können, um meinem Volk bei seinem Kampf um die Freiheit beizustehen. Ich weiß, dass viele an mir zweifeln, weil ich mich den Tau’ri angeschlossen habe, den Menschen von der Erde, doch ich bin überzeugt davon, dass ich an ihrer Seite am meisten für unsere gemeinsame Sache erreichen kann. Die Erfolge, die wir errungen haben, sprechen für sich. Die Systemlords fürchten uns, denn es ist uns gelungen, bereits mehr von den falschen Göttern zu töten, als es jemals ein anderes Volk geschafft hätte.“

„Vielleicht wird sich das schon bald ändern, wenn die Jaffa überall in der Galaxis sich erheben und das Joch der Goa’uld abschütteln!“, stieß Rak’nor leidenschaftlich hervor.

Teal’c lächelte.

„Das ist eine schöne Vision, aber zur Zeit leider noch Zukunftsmusik. Dennoch ist es äußerst wichtig, dass ein Treffen wie das von morgen stattfindet, da es einen wichtigen Schritt in diese Richtung markiert.“ Er räusperte sich. „Es ist schon spät. Wir sollten uns schlafen legen, um morgen im Vollbesitz unserer Kräfte zu sein.“ Nach einer kurzen Pause fügte er hinzu: „Es tut gut, wieder einmal eine Nacht unter den vertrauten Gestirnen von Chulak zu verbringen.“

2

Bereits früh am nächsten Morgen waren sie wieder auf den Beinen und verließen die Hütte. Rak'nor führte sie an den ausgewählten Versammlungsort, wo das Treffen der wichtigsten Jaffa-Führer von Chulak stattfinden sollte, die sich dem Aufstand gegen die Goa'uld angeschlossen hatten.

Eine Konferenz wie diese hatte es zuvor noch nie gegeben. Stattdessen hatten die zahlreichen kleinen Gruppen bislang unabhängig voneinander agiert, ohne die Identität anderer Rebellen zu kennen, sodass kein Jaffa, der in Gefangenschaft geriet, in der Lage war, andere Aufständische unter der Folter zu verraten.

Seit einigen Monaten jedoch hatte sich die Situation auf Chulak grundlegend geändert. Apophis war im Kampf gegen den übermächtigen Goa'uld Sokar gestorben, und diese Nachricht hatte den Startschuss für die Revolte in seinem ehemaligen Reich gegeben.

Doch Sokar hatte sich mit dem Tod seines Rivalen nicht zufrieden gegeben, sondern hatte ihn mittels eines Sarkophags wieder zum Leben erweckt, um ihn weiterhin foltern zu können. Nach dem von den Tok'ra und SG-1 gemeinsam herbeigeführten Untergang Sokars jedoch hatte sich Apophis wie ein Phönix aus der Asche erhoben, wie ein Sprichwort der Menschen besagte. Es war ihm gelungen, Sokars Reich, seine Flotte und seine Armee unter seine Herrschaft zu bekommen, was ihn mächtiger als jemals zuvor machte.

Diese neue Macht zu festigen, nahm seine volle Aufmerksamkeit in Anspruch, und er hatte das Interesse an seinem früheren Reich weitgehend verloren, zumal während der Zeit seines Todes und seiner Gefangenschaft ohnehin andere Systemlords darüber hergefallen waren und weite Teile davon ihrem eigenen Herrschaftsbereich angegliedert hatten.

Für die Jaffa auf Chulak hatte dies keine sonderliche Verbesserung bedeutet. Eine Zeit der Anarchie und des Chaos brach an, ein blutiger Bürgerkrieg zwischen den Aufständischen und denen, die den falschen Göttern weiterhin die Treue hielten, begann. Als Rache für die Rebellion schickte Apophis eine Strafexpedition nach Chulak, die grausam unter den Einwohnern wütete, und wenig später war Heru'ur gekommen, einer von Apophis' Erzfeinden unter den Systemlords, und hatte Chulak mit seinen Truppen besetzt. Nach der kurzzeitigen Freiheit von der Unterdrückung durch einen Goa'uld hatte damit die Tyrannei eines anderen, nicht weniger schlimmen Herrschers begonnen.

Aus diesem Grund hielt Bra'Tak die Zeit für gekommen, die Führer der rebellischen Jaffa zu diesem Treffen zu laden, um ein gemeinsames weiteres Vorgehen zu planen und zu koordinieren.

Teal'cs früherer Lehrmeister war einer der bedeutendsten Köpfe des Aufstandes und hatte schon früh erkannt, dass die Goa'uld falsche Götter waren. Als ranghoher Krieger im Dienste von Apophis hatte er Teal'c nicht nur in der Kriegskunst unterrichtet, sondern in ihm wie in vielen anderen jungen Jaffa auch den Keim des Zweifels an der Göttlichkeit und Allmacht der Goa'uld gesät.

Weiter und weiter führte Rak'nor sie dem Versammlungsort entgegen. Ihr Weg führte sie über steinige Pfade und durch dichte Waldstücke tief in das Niemandsland am Fuße des Kador-Gebirges. Mehrmals schlugen sie eine falsche Richtung ein und mussten nach einiger Zeit wieder umkehren, weil Rak'nor die Umgebung selbst nicht kannte und den Weg lediglich beschrieben bekommen hatte. Erst nach einer fast dreistündigen Wanderung konnten sie ihr Ziel endlich erreichen.

Es handelte sich um eine versteckt in einem Einschnitt zwischen zwei Bergflanken liegende Höhle, die von außen kaum zu erkennen war. Im Inneren erwies sie sich zu Teal'cs Überraschung jedoch als erstaunlich groß. Überall standen oder saßen Jaffa an hufeisenförmig aneinander gestellten Tischen und sprachen erregt aufeinander ein. Es mussten mindestens vier, eher fünf Dutzend sein.

Teal'c lächelte grimmig. Wenn er bedachte, dass jeder der Anwesenden zahlreiche andere Jaffa repräsentierte, dann hatte sich der Aufstand wirklich mittlerweile zu einer starken Bewegung ausgeweitet. Noch vor wenigen Jahren, als er selbst sich von Apophis losgesagt und auf die Seite von SG-1 gestellt hatte, hatte es nur einige wenige Rebellen gegeben, die sich so wie Bra'Tak hauptsächlich darauf beschränkt hatten, anderen gegenüber vorsichtige Kritik an der Göttlichkeit der Goa'uld zu äußern. Selbst das war ein Verbrechen gewesen, für das sie im Falle eines Verrats mit dem Tode bestraft worden wären.

Er blickte sich nach Bra'Tak um, konnte seinen alten Lehrmeister jedoch nirgendwo entdecken. Dafür wurde er selbst rasch erkannt. Die meisten Gespräche im Raum verstummten, und viele Jaffa blickten zu ihm herüber, um ihn gleichermaßen mit Neugier wie Respekt zu betrachten. Er kannte nur wenige von ihnen persönlich, von denen einige auf ihn zukamen und ihn in ein Gespräch verwickelten oder anderen vorstellten. Auf Chulak war wenig über die konkrete Situation in der Galaxis bekannt, es gab allenfalls Gerüchte, und so musste er unzählige entsprechende Fragen über seinen Kampf gegen die Goa'uld beantworten.

Auf seine eigene Frage, wo sich Bra'Tak befände, erhielt er jedoch keine Antwort. Bereits seit mehreren Tagen war er von niemandem mehr gesehen worden. Angesichts der permanenten Gefahr, in der jeder der Aufständischen ständig schwebte, beunruhigte Teal'c diese Nachricht erheblich, und er war offensichtlich nicht der Einzige, dem es so erging.

Was den Versammlungsort betraf, so musste Teal'c allerdings zugeben, dass es sich um eine gute Wahl handelte. Zum einen war es äußerst unwahrscheinlich, dass sie in dieser Einöde durch Zufall entdeckt wurden, zum anderen gab es im Hintergrund der Höhle mehrere natürliche Stollen, die an verschiedenen Stellen wieder ins Freie führten und im Falle eines Angriffs ideale Fluchttunnel darstellten. Darüber hinaus hatte man ihm versichert, dass mehrere Wachen in der Nähe postiert wären, die rechtzeitig vor jeder Gefahr warnen würden.

Nach einiger Zeit bat ein älterer Jaffa um Ruhe. Teal'c hatte noch nie zuvor von ihm gehört, doch der Mann war ihm als Kol'nar von den Hohen Klippen vorgestellt worden und schien hohes Ansehen zu genießen. Auch jetzt kamen die Anwesenden seiner Aufforderung fast augenblicklich nach, brachen ihre Gespräche ab und setzten sich.

Teal'c erhielt einen Platz neben Kol'nar am Kopfende des Tisches.

Der ältere Jaffa begrüßte die Anwesenden noch einmal offiziell und verlieh seiner Sorge Ausdruck, dass Bra'Tak zu dem Treffen nicht erschienen war und niemand in den vergangenen zwei Tagen eine Nachricht von ihm erhalten hatte.

„Dennoch erfüllt es mich mit Stolz und Freude, dass so viele von euch seinem Aufruf gefolgt sind", schloss er. „Wir sind nicht länger nur ein versprengtes Häufchen von Rebellen, sondern stehen im Begriff, uns zu einer schlagkräftigen Armee zu vereinen, für die es nur ein Ziel gibt, nämlich unsere Freiheit vom Joch der Goa'uld zu erkämpfen. Deshalb freut es mich besonders, dass einer der größten Söhne unseres Volkes für seine Teilnahme an diesem historischen Treffen nach Chulak zurückgekehrt ist, den ich wohl niemandem mehr vorstellen muss."

Er deutete auf Teal'c an seiner Seite, dem nicht nur die unverhohlene Bewunderung, die ihm seit seinem Eintreffen entgegenschlug, allmählich peinlich wurde, sondern auch diese Art der Ankündigung. Er war ein Krieger, kein Festredner.

„Ich bin kein Mann unnötiger Worte", begann er seine Ansprache entsprechend. „Und ich bin auch kein größerer Held, als jeder von euch es sein kann. Ich habe lediglich in einem entscheidenden Moment das getan, was mein Herz mir gesagt hat, nicht das, was Apophis von mir verlangt hat. In den Tau'ri habe ich eine Stärke erkannt, die groß genug war, um erfolgreich gegen die falschen Götter zu kämpfen. Als Apophis mir auftrug, sie zusammen mit zahlreichen Unschuldigen zu töten, habe ich mich auf ihre Seite gestellt und wurde in den Augen der Goa'uld damit zum Sho'va, zum Verräter."

„Auch unter den Jaffa gibt es nicht wenige, die so denken", warf einer der Anwesenden ein. „Und nicht nur unter denen, die weiterhin treu den falschen Göttern dienen. Du hast dich von unserem Volk abgewandt, als wir deine Hilfe am dringendsten benötigten, um an der Seite der Tau'ri zu kämpfen."

„Ich weiß, dass viele so denken“, erwiderte Teal’c. „Aber wenn ich mich von unserem Volk abgewandt hätte, wäre ich dann heute hier? Ich bin davon überzeugt, dass ich als Mitglied von SG-1 mehr für unser Volk erreichen konnte als hier auf Chulak. Der Erfolg bestätigt meine Worte. Viele der falschen Götter wurden von uns getötet. Sokar, Chronos, Ra, Hathor – selbst Apophis’ Macht wurde vorübergehend gebrochen und Chulak aus seiner Tyrannei befreit.“

„An seiner Stelle kam Heru’ur, und auch Apophis selbst ist mittlerweile mächtiger als je zuvor“, wandte ein anderer ein.

„Dennoch wird auch er seinem verdienten Schicksal nicht entkommen, so wenig wie Heru’ur!“, behauptete Teal’c. „Ihre Macht ist groß, aber sie gründet sich auf der Stärke ihrer Armeen. Und diese bestehen aus Jaffa. Unser Volk ist das Fundament, auf dem die falschen Götter ihre Macht begründet haben. Und deshalb sind wir in der Lage, sie zu stürzen.“

„Das sind große Worte“, mischte sich Rak’nor ein. „Aber vergessen wir dabei nicht alle eines? Wir sprechen hier nicht von irgendwelchen diktatorischen Herrschern, sondern von den Göttern!“

„Falschen Göttern“, korrigierte Teal’c leicht verunsichert. „In Wahrheit sind sie nicht mehr als Parasiten.“

„Ja, diese Reden habe ich in letzter Zeit des öfteren gehört“, erklärte Rak’nor. „Und ich bin sehr froh, dass ich heute hierher gekommen bin, um dazu beizutragen, dieser blasphemischen Rebellion ein für alle Mal ein Ende zu bereiten!“

3

Noch bevor Teal'c oder einer der anderen wirklich begriffen, was Rak'nors Worte zu bedeuten hatten, stürmten mehrere Jaffa durch den Eingang in die Höhle herein. Anscheinend hatten sie nur auf ein Signal gewartet. Sie waren voll uniformiert, ihre Gesichter hinter den martialischen, goldfarbenen Horushelmen verborgen, die charakteristisch für Heru'urs Garde waren. In den Händen hielten sie Zat-Waffen, mit denen sie sofort das Feuer eröffneten.

Eine Falle! durchzuckte es Teal'c.

In langen Jahren der Ausbildung und des Kampfes antrainierte Reflexe übernahmen die Kontrolle über sein Handeln und ließen ihn mit fast übernatürlicher Schnelligkeit reagieren. Blitzartig warf er sich seitlich von seinem Stuhl und versetzte gleichzeitig dem Tisch einen kräftigen Tritt, sodass dieser umkippte und ihm dadurch Deckung bot.

Die bläulichen Energieentladungen mehrerer Zat-Strahlen rasten knisternd genau dort, wo er gerade noch gesessen hatte, über ihn hinweg. Neben ihm brach Kol'nar zusammen und blieb regungslos liegen.

Binnen Sekunden verwandelte sich der Versammlungsort in einen Hexenkessel. Eine Kakophonie aus wütenden und entsetzten Rufen und Schreien erklang, während die Rebellenführer aufsprangen und durcheinander rannten. Kaum die Hälfte von ihnen waren Krieger und hatten selbst Waffen mitgebracht, mit denen sie sich zur Wehr setzten, doch standen sie von Anfang an auf verlorenem Posten.

Immer mehr von Heru'urs Kriegern drangen in die Höhle ein und konzentrierten ihr Feuer sofort auf die Aufständischen, die nach ihren Waffen zu greifen versuchten. Von den lähmenden Zat-Strahlen getroffen, brach ein Jaffa nach dem anderen bewusstlos zusammen.

Immerhin verschafften die Ansätze von Widerstand anderen Rebellen die Möglichkeit, in Richtung der Stollen im hinteren Teil der Höhle zu laufen, um durch diese zu flüchten. Mehrere von ihnen wurden niedergestreckt, ehe sie die Fluchttunnel erreichten, andere entkamen auf diesem Weg.

Zumindest hoffte Teal'c, dass sie tatsächlich entkommen würden. Wahrscheinlich waren Heru'urs Krieger Rak'nor und ihm unbemerkt gefolgt, hatten die Wachen ausgeschaltet und sich dadurch der Höhle unbemerkt genähert. Da Rak'nor sich in dieser Gegend jedoch selbst nicht auskannte, wusste er vermutlich auch nicht, wo die Fluchttunnel endeten.

Noch immer konnte Teal'c nicht begreifen, dass ausgerechnet Rak'nor, der Sohn eines seiner besten Freunde, sie verraten hatte, doch schließlich hatte er seine Schuld selbst eingestanden. Außerdem hatte er sich mittlerweile an die Seite von Heru'urs Kriegern gestellt und feuerte genau wie sie mit einer Zat-Waffe auf die Rebellen.

Teal'c bedauerte, dass er seine Strahlenlanze nicht mitgebracht hatte, weil sie es ihm unmöglich gemacht hätte, sich unauffällig auf Chulak zu bewegen. Er besaß selbst nur ein Zat, mit dem er einige Schüsse auf die Uniformierten abgab, die am Höhleneingang weitgehend ungeschützt standen. Mit grimmiger Zufriedenheit registrierte er, dass er Rak'nor traf, der gelähmt zusammenbrach.

Aber auch für ihn selbst wurde die Lage allmählich kritisch. Kaum einer der Rebellen leistete noch Widerstand, sie waren entweder bewusstlos oder geflohen.

Heru'urs Männer breiteten sich in der Höhle aus und

drangen von verschiedenen Seiten in seine Richtung vor. Glücklicherweise trug auch von ihnen keiner eine Strahlenlanze bei sich, denn gegen eine solche Waffe hätte die dünne Tischplatte ihm keinerlei Deckung geboten. Anscheinend hatten die Krieger Befehl, die Aufständischen und ganz besonders ihn lebend zu fangen.

Noch einmal gab Teal'c einige Schüsse aus seinem Zat ab, dann sprang er auf und rannte Haken schlagend in Richtung einer der Tunnel. Er wusste, dass seine Chancen äußerst gering standen, dennoch wollte er eine Flucht wenigstens versuchen, statt darauf zu warten, dass Heru'urs Krieger ihn durch ihre pure Anzahl überwältigten.

Geschickt sprang er über einen reglos am Boden liegenden Körper hinweg, doch im gleichen Moment schien die Faust eines Riesen seinen Rücken zu treffen. Eine eisige Kälte breitete sich in seinem Rücken aus, pflanzte sich durch seinen Körper fort und lähmte ihn.

Teal'c stürzte und wollte instinktiv die Arme ausstrecken, um seinen Fall abzumildern, doch sein Körper versagte ihm den Dienst.

Im nächsten Moment erreichte die Lähmung auch seinen Kopf und löschte sein Bewusstsein aus. Den Aufprall auf den Boden spürte er bereits nicht mehr.

SCHLECHTE NEUIGKEITEN

1

„Ist es Teal'c?", erkundigte sich Jack O'Neill hoffnungsvoll.

Obwohl es bereits spät am Abend war, hatte er sich im StarGate-Kontrollraum befunden, um mit General Hammond über einige Verwaltungsangelegenheiten zu sprechen, als das SternenTor von außen aktiviert wurde. Unmittelbar darauf hatte der zuständige Techniker am Kontrollpult den Empfang eines Identifizierungscodes mitgeteilt, der gerade entschlüsselt und zugeordnet wurde. Dennoch waren standardmäßig schwer bewaffnete Soldaten in der Transportkammer schräg unter dem Kontrollraum aufmarschiert und zielten mit ihren Waffen auf das SternenTor mit der noch geschlossenen Irisblende.

Drei Tage waren mittlerweile verstrichen, seit Teal'c nach Chulak aufgebrochen war, um den dortigen Widerstand im Kampf gegen die Goa'uld zu unterstützen. Seither hatte es kein Lebenszeichen mehr von ihm gegeben, was aber noch keinen Anlass zur Beunruhigung bot. Teal'c selbst hatte eine knappe Woche für seine Mission veranschlagt.

Aber seit der Eroberung durch Heru'ur war Chulak gefährliches Feindesland, und obwohl O'Neill wusste, dass der Jaffa gut auf sich aufpassen konnte und viele Freunde dort hatte, machte er sich Sorgen.

„Nein, Sir“, antwortete der Techniker. „Nicht Teal’c. Der Code stammt von den Tok’ra.“

„Jammerschade“, stellte O’Neill fest, nachdem General Hammond befohlen hatte, die Iris zu öffnen. „Und ich hatte schon auf etwas Erfreuliches gehofft. Aber wenn es sich um die Tok’ra handelt, kann das doch nur wieder neuen Ärger bedeuten. Ich meine, nichts gegen die Tok’ra, ein paar von denen sind ja ganz nett und okay, aber wann immer sie sich in letzter Zeit an uns gewandt haben, brauchten sie unsere Hilfe in einer schwierigen Situation.“

„Sind Sie in Ihrem Zorn auf die Tok’ra nicht ein wenig sehr voreingenommen, Sir?“, warf Sam Carter ihm vor, die unbemerkt den Kontrollraum betreten und offenbar seine letzten Worte aufgeschnappt hatte.

Die Tok’ra bildeten eine Widerstandsorganisation innerhalb der Goa’uld. Vor Jahrtausenden hatten sie sich von diesen abgespalten, weil sie die Tyrannei und den Machthunger der Systemlords nicht länger unterstützen wollten. Seither bekämpften sie diese und wurden im Gegenzug von ihnen als Verräter gejagt.

„Vielleicht, aber in der Praxis lief es doch genau darauf hinaus“, verteidigte sich O’Neill. „Wenn die Tok’ra uns um Hilfe baten, durften wir jedes Mal unseren Hintern riskieren, aber wenn es bei einer dieser Missionen etwas abzustauben gab, haben sie es sich unter den Nagel gerissen, und wir haben dumm in die Röhre geguckt.“

„Und was ist mit meinem Vater? Er hat mehr als einmal sein Leben riskiert, um uns zu retten.“

„Worin wir ihm im Gegenzug wohl um nichts nachstehen, wenn ich beispielsweise nur daran erinnern darf, wie wir ihn aus Sokars Gefangenschaft befreit haben. Und übrigens, wo wir gerade vom Teufel sprechen…“

O'Neill deutete in die Transportkammer, wo gerade Jakob Carter aus dem Energiefeld des SternenTores trat. Die Soldaten senkten auf einen Befehl Hammonds hin ihre Waffen und verließen den Raum wieder.

„Hey, das ist doch mal eine angenehme Überraschung." Sam eilte zur Treppe, während O'Neill schmunzeln musste, als ihm plötzlich bewusst wurde, welche Doppeldeutigkeit in seinen Worten lag. Sie hatten von Sams Vater gesprochen, und natürlich bezog sich die Redewendung vom Teufel auf ihn, aber er hatte auch Sokar erwähnt, und so wie viele andere Goa'uld in geschichtlicher Frühzeit als Götter verehrt worden waren, war dieser als leibhaftiger Teufel in die irdischen Mythen eingegangen.

O'Neill blickte wieder in die Transportkammer hinunter, wo Jakob Carter langsam die Rampe vor dem SternenTor hinunterschritt.

„Auch wenn er Sams Vater ist, Teal'c wäre mir lieber gewesen", murmelte er. „Ich bin mir fast sicher, dass sein Auftauchen wieder irgendwelchen Ärger für uns bedeutet..."

2

„Ich wusste es", brummte O'Neill wenige Minuten später, während sie sich auf dem Weg zum Konferenzraum befanden.

Unmittelbar nach der Begrüßung, die naturgemäß vor allem Sam gegenüber besonders herzlich ausgefallen war, hatte Jakob Carter mitgeteilt, dass er wichtige Informationen für sie habe. Vor allem müsse er unbedingt mit Daniel Jackson sprechen, weshalb General Hammond sofort jemanden losgeschickt hatte, um den Wissenschaftler zu holen.

„Was sagten Sie, Jack?“, erkundigte sich Jakob. Obwohl er zusammen mit Sam mehrere Schritte vorausging, hatte er die leise Bemerkung offenbar aufgeschnappt. Er blieb stehen, blickte sich um und wartete, bis O'Neill zu ihm aufgeschlossen hatte.

„Nichts“, erwiderte dieser automatisch. „Ich habe nur...“ Er brach ab. Zum Teufel, warum versuchte er sich eigentlich herauszureden, statt zu sagen, was er wirklich dachte? „Als ich hörte, dass es sich bei dem Identifizierungscode um den der Tok'ra handelte, habe ich direkt gesagt, dass das nur Ärger bedeuten kann“, erklärte er. „Ich meine, ich kann mich nicht erinnern, dass irgendeiner von euch uns mal einen reinen Höflichkeitsbesuch abgestattet hätte. Das geht nicht gegen Sie persönlich, Jakob, aber wann immer in letzter Zeit ein Tok'ra die Erde aufgesucht hat, haben wir kurz darauf bis zum Hals in irgendwelchem gefährlichen Schlamassel gesteckt.“

„Seit wann scheuen Sie die Gefahr?“, hakte Jakob lächelnd nach. „Ich dachte bislang, gerade Sie wären geradezu süchtig danach, Jack. Ein hübscher kleiner Kampf gegen einen Goa'uld ist doch immerhin eine Alternative zu langweiliger Schreibtischarbeit.“ Auch O'Neill musste grinsen. Er mochte Sams Vater trotz grundsätzlicher Vorbehalte allen Lebensformen gegenüber, die einen ausgewachsenen Schlangenparasiten in sich trugen, hießen sie nun Goa'uld oder Tok'ra. Vielleicht lag es daran, dass Jakob eigentlich ein Mensch war und sich – zumindest wenn er es mit SG-1 zu tun hatte – so verhielt.

Er war ganz normal auf der Erde aufgewachsen und hatte beim Militär Karriere gemacht, bis er vor einigen

Jahren unheilbar an Krebs erkrankt war. Seine einzige Chance auf Rettung war die Verschmelzung mit dem Tok'ra Selmak gewesen, der zu diesem Zeitpunkt dringend einen neuen Wirt benötigt hatte. Anders als die Goa'uld betrachteten die Tok'ra einen solchen nicht nur als eine Art Tier, das ihnen zu dienen hätte. Deshalb ergriffen sie niemals gewaltsam von einem fremden Körper Besitz und sie unterdrückten das Bewusstsein eines Wirtes auch nicht, sondern verschmolzen mit ihm in einer Symbiose zum beiderseitigen Vorteil.

So weit die Theorie, doch der bloße Gedanke, nicht mehr uneingeschränkter Herr über seinen eigenen Körper zu sein, sondern ihn mit einer dieser schlangenähnlichen Kreaturen teilen zu müssen, verursachte O'Neill dennoch Abscheu. Dagegen kam er einfach nicht an.

„Sie haben Recht, ich trete lieber einem Goa'uld kräftig in den Hintern, statt Bürostaub zu schlucken", sagte er. „Aber ich mag es nicht, als eine Art Spielfigur hin und her geschoben zu werden, wie es die Tok'ra so gerne tun."

Sie hatten den Besprechungsraum erreicht und nahmen an dem großen Konferenztisch Platz.

„Nun, Jakob, was gibt es für Neuigkeiten von den Tok'ra, und was tut sich überhaupt so in der Galaxis?", wollte General Hammond wissen.

„Aufgrund der Übersiedlung auf einen sicheren Planeten, wo wir unseren Stützpunkt inzwischen vollständig ausgebaut haben, befinden sich die Tok'ra derzeit in einer besseren Position als jemals zuvor", berichtete Carter. „Der Hohe Rat lässt euch deshalb noch einmal seinen Dank und seine herzlichen Grüße ausrichten." Er machte eine kurze Pause. „Was die Situation in der übrigen Galaxis betrifft, so habe ich leider wenig Gutes zu berichten. Warten wir damit, bis Dr. Jackson hier ist.“

Sie brauchten sich nicht lange zu gedulden. Kaum eine Minute später wurde die Tür aufgerissen, und Daniel kam in den Raum geeilt. Seine Augen wirkten verquollen; seine Haare waren zerzaust und nur notdürftig mit einem Kamm in Form gebracht worden. Seine Nase war gerötet, und er hielt ein Papiertaschentuch in der Hand.

„Da bin ich“, erklärte er überflüssigerweise. Seine Stimme klang näselnd. „Tut mir Leid, wenn es etwas gedauert hat, aber diese Erkältung bringt mich noch um. Ich hatte mich hingelegt und schon geschlafen als ...“ Erst jetzt entdeckte er den Tok'ra und schien mit einem Schlag hellwach zu werden. „Oh, hallo Jakob. Damit erübrigt sich wohl die Frage, was es um diese Zeit so Dringendes gibt.“

Er nieste herzhaft in sein Taschentuch.

„Wie Jack schon ganz richtig vermutet hat, brauchen wir Hilfe“, teilte Jakob Carter mit. „Und zwar vor allem die Hilfe eines Sprachforschers. Es geht um Apophis und Heru'ur.“

3

Die Worte, die aus dem kleinen runden Wiedergabegerät drangen, das Jakob Carter vor sich auf den Tisch gestellt hatte, entstammten keiner irdischen Sprache, und dennoch klangen sie nicht völlig fremd. Genau wie die anderen hatte O'Neill Laute wie diese schon oft genug gehört. Es handelte sich um die Sprache der Goa'uld. Deutlich waren zwei Stimmen zu unterscheiden. Die eine stammte unzweifelhaft von Apophis, bei der anderen war nach Jakobs Einleitung anzunehmen, dass sie Heru'ur gehörte.

„Vor knapp einer Stunde war es den Tok'ra möglich, diese Unterhaltung abzuhören und aufzuzeichnen", berichtete er.

„Soweit ich verstehen kann, wollen die beiden sich treffen", sagte Daniel und sprühte sich etwas Spray in die Nasenlöcher. „Aber ich verstehe nicht, warum Sie dazu meine Hilfe brauchen. Die Tok'ra beherrschen die Sprache wesentlich besser als ich."

„Nur Geduld, Doktor Jackson", entgegnete Jakob und schaltete das Wiedergabegerät aus.

„Ein Treffen zwischen Apophis und Heru'ur", wiederholte Sam nachdenklich. „Aber die beiden sind doch Erzfeinde, soweit ich weiß."

„Genau darum geht es." Jakob nickte. „Zurzeit hat sich Heru'ur mit den anderen Systemlords gegen Apophis verbündet. Zumindest nehmen sie das an. Dieses Gespräch jedoch beweist, dass er ein doppeltes Spiel betreibt. Er möchte sich nicht einfach nur mit Apophis treffen, sondern die beiden bereiten eine gemeinsame Allianz vor."

„Die vermutlich den Untergang aller übrigen Systemlords zur Folge hätte", ergänzte Daniel.

Für einen Moment herrschte betroffenes Schweigen. Lediglich O'Neill blickte ein wenig ratlos von einem zum anderen.

„Und?", fragte er schließlich und zuckte die Achseln. „Was ist schlimm daran? Sollen sie sich doch gegenseitig aus dem Weg räumen, damit nehmen sie uns lediglich die Arbeit ab. Wenn ihr mich fragt, dann ist nur ein toter Goa'uld ein guter Goa'uld."

Beifall heischend blickte er sich um.

„So einfach ist es leider nicht", widersprach Jakob. „Der Bund der Systemlords ist kein friedliches Bündnis. Da jeder Goa'uld nach möglichst viel Macht strebt, ist ihr Verhältnis zueinander von Neid und Misstrauen geprägt. Immer wieder gibt es Auseinandersetzungen und sogar offene Kämpfe zwischen ihnen, die verhindern, dass einer von ihnen allzu mächtig wird. Da die Tok'ra zu schwach sind, um sie direkt zu bekriegen, versuchen wir seit vielen Jahren genau dieses Misstrauen zu fördern. Solange sich die Systemlords untereinander bekämpfen, können sie nicht gemeinsam gegen die Tok'ra oder andere Völker vorgehen. Dazu zählen auch die Menschen, sonst hätten sie die Erde schon längst unterworfen oder vernichtet."

„Apophis hat es versucht und sich eine ziemlich blutige Nase dabei geholt", erinnerte O'Neill.

Jakob senkte kurz den Kopf. Als er ihn wieder hob, leuchteten seine Augen kurz auf, und er sprach mit der verzerrten Stimme seines Symbionten.

„Das geschah zu einem Zeitpunkt, als er seine Macht im Kampf gegen andere Systemlords bereits weitgehend verzettelt hatte", sagte Selmak schroff. „Außerdem hattet ihr sehr viel Glück. Anderenfalls hätte keiner von euch überlebt, also überschätzt eure Fähigkeiten nicht. Genau wie bei den Goa'uld ist euer Hochmut auch eure größte Schwäche. Die Tau'ri sind nichts im Vergleich zur geballten Macht der Systemlords."

Wieder senkte er den Kopf. Das Leuchten seiner Augen erlosch, und Jakob machte eine entschuldigende Geste mit den Händen.

„Nehmt es Selmak nicht übel, er ist nun mal ein Freund klarer Worte. Aber er hat Recht, auch wenn ich es etwas diplomatischer ausgedrückt hätte. Der größte Vorteil aller freiheitsliebenden Völker ist die Uneinigkeit der Goa'uld, und genau die ist in Gefahr. Für Apophis stellt sich die Situation anders dar. Er strebt nach absoluter, alleiniger Macht, und für ihn sind viele Gegner schwerer zu bekämpfen als ein einziger. Er und Heru'ur sind derzeit die mächtigsten Goa'uld. Wenn sie sich verbünden, wären die anderen Systemlords verloren."

„Sie glauben also, dass Apophis sie erst mit Heru'urs Hilfe aus dem Weg räumen will, um dann auch seinen Bündnispartner auszuschalten", fasste General Hammond zusammen.

„Ich vermute eher, dass Heru'ur sich ihm unterwerfen wird, wenn es so weit ist, und auf eine günstige Gelegenheit wartet, Apophis zu stürzen, um die Macht allein zu übernehmen", entgegnete Jakob. „So wie dieser es bei Sokar getan hat. Aber das ist erst einmal Zukunftsmusik. Für uns zählt im Moment nur, dass wir diese unheilvolle Allianz unter allen Umständen verhindern müssen."

„Sicher, klar doch", ergriff O'Neill wieder das Wort. „Jetzt verstehe ich, warum Sie hergekommen sind. Die Erde soll ihre immense Raumflotte losschicken und die beiden aus der Galaxis bomben, damit sie einsehen, dass sie solche Bündnisse nicht ohne unsere Erlaubnis zu schließen haben."

Lächelnd schüttelte Jakob den Kopf.

„Ihr Sarkasmus in allen Ehren, Jack, aber er hilft uns hier nicht weiter. Wir müssen mit anderen Mitteln verhindern, dass diese Allianz zustande kommt. Der Hass und die Feindschaft zwischen Apophis und Heru'ur sitzen tief und werden nicht leicht zu überwinden sein. Im Idealfall können wir beide gegeneinander ausspielen. Ein Krieg zwischen ihnen würde beide Seiten entscheidend schwächen.

Dann läge die Machtbalance wieder bei den Systemlords. Das wäre für uns wesentlich günstiger als nur ein einziger übermächtiger Goa'uld."

„Und wie ich Sie kenne, haben Sie bestimmt auch schon einen Plan", vermutete Hammond. Lauernd blickte er den Tok'ra an, dann ließ er seinen Blick zu Daniel weiter wandern. „Einen Plan, für dessen Ausführung Sie die Hilfe von Dr. Jackson benötigen."

Jakob seufzte.

„Mir scheint, ich bin ziemlich leicht zu durchschauen", sagte er. „Aber natürlich haben Sie Recht, George." Er zog einige durchsichtige Folien, die mit Schriftzeichen bedeckt waren, aus der Tasche und schob sie Daniel über den Tisch zu. „Haben Sie solche Zeichen schon einmal gesehen, Doktor Jackson? Keinem unserer Wissenschaftler ist es gelungen, sie zu entziffern."

Daniel musterte die Symbole ein paar Sekunden lang konzentriert, dann machte er eine vieldeutige Geste.

„Es könnte sich um phönizische Schriftzeichen handeln", erklärte er. „Zumindest gibt es eine gewisse Ähnlichkeit. Allerdings ist das nicht gerade mein Spezialgebiet. So aus dem Stehgreif kann ich auch nicht übersetzen, was da steht. Dafür bräuchte ich meine Unterlagen und einige Stunden oder Tage Zeit, dann könnte ich Ihnen vielleicht sagen, was da steht."

„Uns bleiben leider keine Tage", entgegnete Jakob. Dennoch wirkte er sichtlich erleichtert. „Einige Stunden müssen Ihnen reichen."

„Wie wäre es denn, wenn Sie uns erklären würden, um was es eigentlich geht, und was es mit diesen Schriftzeichen auf sich hat?", ergriff O'Neill wieder das Wort. „Oder wird das wieder so eine Tok'ra-Geheimniskrämer-Aktion?

Wenn Sie uns jetzt bitten, wir sollten Sie irgendwohin begleiten, und alles Weitere würden Sie uns unterwegs erklären, dann mache ich da nicht mit. Von diesen Methoden habe ich langsam die Nase voll. Ich möchte ganz genau wissen, womit wir es hier zu tun haben, alles, was für die Mission von Bedeutung ist. Sonst gehen wir nirgendwohin."

„Wollte ich gerade erklären, Jack", versicherte Jakob lächelnd. „Sie sind einfach manchmal zu voreilig."

„Schlechte Erfahrung", brummte O'Neill. „Aber wenn das so ist, dann... äh, vergessen Sie, was ich gerade gesagt habe. Und legen Sie endlich los mit Ihrer Erklärung, weil ich es kaum noch erwarten kann."

4

Alle Augenpaare waren gespannt auf Jakob Carter gerichtet, doch dieser ließ sich Zeit, schien sich erst die Worte im Kopf zurechtzulegen.

„Kurz gefasst geht es um Folgendes: Das Gespräch zwischen Apophis und Heru'ur war noch wesentlich länger als der Ausschnitt, den ich vorgespielt habe", begann er schließlich. „Beispielsweise ging auch noch daraus hervor, dass das Treffen in einer Region des Weltalls stattfinden soll, die wir das Tobin-System nennen. Wie die Bewohner so vieler Welten, waren auch die Tobin Nachkommen von Menschen, die vor Jahrtausenden von der Erde verschleppt wurden. Deshalb meine Hoffnung, dass Doktor Jackson ihre Schrift entziffern könnte."

„Sie *waren* Nachkommen?", vergewisserte sich O'Neill.

„Ja, sie sind vor über einem Jahrhundert unter noch ungeklärten Umständen ausgestorben. Ihr System liegt an der Grenze von Sokars Machtbereich. Als er von den Systemlords vor langer Zeit besiegt und sein erstes Reich zerschlagen wurde, konnten sich die Tobin unbeeinflusst von den Goa'uld entwickeln. Ihre Technik war sogar deutlich fortgeschrittener als die der Erde."

„Und weshalb sind sie ausgestorben?", wollte Sam wissen.

„Darüber besitzen die Tok'ra keine Informationen. Der Planet wurde von den Goa'uld zur verbotenen Zone erklärt, und es gab Wichtigeres für uns, als das Aussterben der Tobin zu erforschen. Es gab Spekulationen, dass sie nicht untergegangen wären, sondern ihren Planeten verlassen hätten, um sich auf einer anderen Welt vor den Goa'uld in Sicherheit zu bringen. Allerdings gibt es auf Tobin kein SternenTor, und sie verfügten über keine Raumschiffe, die Überlichtgeschwindigkeit erreichen konnten oder zu Langstreckenflügen in der Lage waren, sodass diese Möglichkeit wohl ausscheidet. Wie gesagt, ihre technische Entwicklungsstufe unterschied sich nicht sehr von der der Erde." Er räusperte sich, ehe er fortfuhr: „Von besonderer Bedeutung für uns ist auch nur eine spezielle Hinterlassenschaft der Tobin. Wohl um sich vor einer erneuten Unterwerfung durch Sokar oder einen anderen Goa'uld zu schützen, haben sie ihren Planeten mit einem gigantischen Minenfeld umgeben. Diese Minen reagieren auf eine ganze Bandbreite von Energiesignaturen. Dazu gehören freilich auch Goa'uld-Waffensysteme."

General Hammond nickte verständnisvoll.

„Ein idealer Ort für einen Treffpunkt zwischen zwei Goa'uld, die einander misstrauen", sagte er. „Falls einer von beiden, egal ob Apophis oder Heru'ur, das Feuer auf den anderen eröffnen sollte, wäre es auch sein eigener Untergang." Er blickte den Tok'ra fragend an. „Ich habe allerdings keine Ahnung, wie wir das zu unserem Vorteil ausnutzen können."

„Damit kommen wir zum Kernpunkt unseres Plans", fuhr Jakob Carter fort. „Mein Schiff wartet auf einem Planeten in der Nähe des Tobin-Systems, von dem aus ich hierher gereist bin. Damit können wir das Minenfeld vor dem Eintreffen von Apophis und Heru'ur erreichen. Dort müssen wir eine der Minen so umprogrammieren, dass sie Apophis' Schiff angreift. Einer unserer Spione befindet sich an Bord und wird ein Peilsignal aussenden, das die Mine anlockt. Eine einzige besitzt nicht genug Sprengkraft, um ein Goa'uld-Mutterschiff zu zerstören, aber darauf kommt es auch gar nicht an." „Natürlich." Sam schnippte mit den Fingern. „Apophis soll glauben, dass es sich dabei um einen Angriff von Heru'ur handelt."

„Ach, kommen Sie!" O'Neill verzog das Gesicht. „Mag ja sein, dass die Goa'uld hochmütig und verblödet sind, aber so dämlich, sich gegenseitig in einem Minenfeld zu beschießen, sind nicht mal Apophis und Heru'ur. Selbst sie dürften begreifen, dass sie sich damit selbst umbringen würden, sobald sie das Feuer eröffnen."

„Sie sollen sich ja auch gar nicht bekämpfen, wenn ich alles richtig verstanden habe", ergriff Daniel das Wort. „Schließlich wollen wir einen Krieg zwischen den beiden auslösen. Beide werden das Tobin-System wieder verlassen, im Glauben, der jeweils andere hätte ihn hintergangen. Vor allem Apophis als der Mächtigere von ihnen wird auf Rache für den vermeintlichen Verrat sinnen und einen Feldzug gegen Heru'ur starten."

„Exakt“, bestätigte Carter. „Wir hoffen, dass er dessen zentrale Welten angreift. In diesem Krieg würden beide Seiten einen erheblichen Teil ihrer Flotte und ihrer Armeen verlieren.“

„Hm. Klingt alles recht einleuchtend. Ich frage mich nur, wo der Haken an der Sache ist“, wandte O’Neill ein. Sein Misstrauen war noch längst nicht beseitigt. „Wenn es wirklich so einfach wäre, wie es sich anhört, warum sind Sie dann nicht mit ein paar Ihrer Tok’ra-Freunde losgeflogen, um eine der Minen umzuprogrammieren?“

„Weil wir dazu nicht in der Lage sind“, bekannte Jakob offen. „Wie ich schon sagte, waren die Tobin Nachkommen von Menschen aus der phönizischen Zivilisation, die einst von der Erde entführt wurden.“ Er deutete auf die Folien vor sich. „Wir konnten einige Dokumente erbeuten, in denen die Funktionsweise der Minen beschrieben sind, doch war es uns bislang nicht möglich, sie vollständig zu übersetzen. Dazu benötige ich die Hilfe von Doktor Jackson, und da ein paar komplizierte mathematische Berechnungen anzustellen sind, wäre Sam auch eine große Hilfe.“

O’Neill runzelte die Stirn. Der ganze Plan wollte ihm noch nicht so recht gefallen, allein schon deshalb, weil er von den Tok’ra entwickelt worden war. Dennoch gefiel es ihm nicht, so einfach übergangen zu werden. Er räusperte sich vernehmlich.

„Ach ja, und Colonel O’Neill ist natürlich immer ein lustiger Reisebegleiter“, fügte Carter lächelnd hinzu. Er blickte Hammond an. „Uns bleibt wenig Zeit, alle Vorbereitungen zu treffen. Jede Minute ist kostbar.“

Der General überlegte ein paar Sekunden und blickte die Mitglieder von SG-1 dabei der Reihe nach an. Er schien die Antwort auf seine unausgesprochene Frage in ihren Gesichtern zu lesen und nickte schließlich.

„Sie haben grünes Licht“, entschied er. „Ich schätze, wir bekommen nicht allzu oft die Gelegenheit, einen galaktischen Krieg anzuzetteln, also sollten wir sie uns nicht entgehen lassen.“

TEROK

1

Mit einem Schlag wurde Teal'c aus der Bewusstlosigkeit gerissen, als ihm jemand einen Eimer kaltes Wasser ins Gesicht schüttete. Die Kälte war wie ein Schock. Prustend und schnaubend schüttelte er den Kopf und bedauerte die heftige Bewegung gleich darauf, als ein grauenhafter Schmerz hinter seiner Stirn zu explodieren schien.

Für einen Moment war er orientierungslos, dann kehrte seine Erinnerung zurück; zuerst nur in Bruchstücken, dann immer rascher. Er war nach Chulak gereist, um an einem Treffen der Rebellen teilzunehmen... die Wanderung zu der Höhle... der Überfall durch Heru'urs Krieger...

Teal'c riss die Augen auf. Wenige Schritte vor ihm stand Rak'nor, der Verräter, den leeren Wassereimer noch in der Hand.

Sie befanden sich in der Mitte eines Raums mit vergitterten Wänden, der nur durch Feuer in einigen halbrunden Becken erhellt wurde. Teal'c kannte Räume wie diesen.

Kerker der Goa'uld.

Erst jetzt wurde er sich auch des Schmerzes in seinen Armen bewusst. Seine Handgelenke steckten in eisernen Manschetten, die an von der Decke herabbaumelnden Ketten hingen. Diese waren so kurz, dass er mit den Knien den Boden nicht berühren konnte, sodass sein gesamtes Gewicht an seinen Handgelenken lastete.

Sein Körper gehorchte ihm noch immer nicht richtig, und es dauerte mehrere Sekunden, bis es ihm gelang, seine Beine zu belasten und das schreckliche Reißen in seinen Armen zu mildern.

„Rak'nor", krächzte er mühsam. Sein Mund fühlte sich ausgetrocknet an. Mit der Zunge leckte er etwas von dem Wasser, das der Jaffa ihm ins Gesicht geschüttet hatte, auf. „Warum... hast du das... getan?"

„Warum?", wiederholte Rak'nor und starrte ihn voller Zorn und Verachtung an. „Du willst wirklich wissen, warum ich getan habe, was die Pflicht eines jeden aufrechten und ehrlichen Jaffas ist? Weil ich treu zu meinen Göttern stehe, statt mein Seelenheil durch diese törichte, blasphemische Rebellion zu verspielen."

„Es sind... falsche Götter. Sie..."

„Schweig!", befahl Rak'nor. „Ich will keine weitere Gotteslästerung mehr hören." Er schwieg einen Moment lang und ging langsam einmal um Teal'c herum. „Aber ich habe noch einen weiteren Grund für mein Handeln", sprach er dann weiter. „Was ich getan habe, geschah auch, um den Tod meines Vaters zu rächen."

Mühsam schüttelte Teal'c den Kopf.

„Dein Vater hatte erkannt, dass die Goa'uld... keine Götter sind. Er stand auf unserer Seite, und deshalb ließ Apophis ihn hinrichten. Indem du mich und die anderen verraten hast, hast du auch das verraten, woran er geglaubt hat und wofür er gestorben ist."

„Nein!", brüllte Rak'nor. „Du verdrehst die Wahrheit und legst dir alles so zurecht, wie es dir passt. Genau diese Art von Lügen haben auch meinem Vater den Kopf verdreht und ihn in den Untergang getrieben."

„So war es nicht", beteuerte Teal'c. „Ganz im Gegenteil,

Valar und ich waren Freunde. Aber er fiel vor Apophis in Ungnade und…“

Er kam nicht zum Weitersprechen, weil in diesem Moment die Tür des Kerkers geöffnet wurde. Mit wuchtigen Schritten kam ein hünenhafter Mann mit einem Schmerzstock in der Hand näher. Sein Haar war kurz geschnitten, sein Kinn und seine Wangen von einem Vollbart bedeckt.

„Aus dem Weg!“, befahl er mit der verzerrten Stimme eines Goa’uld. Eine Wache in der Uniform von Heru’urs Garde begleitete ihn, blieb aber im Hintergrund stehen.

Sofort wich Rak’nor ein paar Schritte zur Seite und verbeugte sich demütig. Der Goa’uld trat bis dicht an Teal’c heran.

„Ich bin Terok, Primus von Heru’ur“, sagte er. „Aber für dich werde ich in den nächsten Stunden und Tagen einfach nur dein allerschlimmster Albtraum sein.“

2

Ohne Vorwarnung rammte Terok Teal’c die aktivierte Energiespitze des Schmerzstocks in den Leib. Es handelte sich um ein von den Goa’uld entwickeltes Folterinstrument, das einem Opfer schier unerträgliche Pein zufügte. In dieser Hinsicht waren die Goa’uld äußerst erfindungsreich, und der Schmerzstock trug seine Bezeichnung nicht zu Unrecht.

Teal’c hatte gelernt, bis zu einem gewissen Grad Schmerzen lautlos zu ertragen, um einem Peiniger keine Genugtuung zu verschaffen. Dank seines Symbionten lag seine Empfindlichkeitsgrenze wesentlich höher als die eines Menschen, doch den ungeheuren Qualen, die der Schmerzstock verursachte, war auch er nicht gewachsen.

Flüssiges Feuer schien durch seine Adern zu rinnen und jeden Nerv seines Körpers in Flammen zu setzen.

In gewisser Hinsicht stimmte das sogar. Während eine herkömmliche Folter immer nur einzelnen Körperteilen Schmerz zufügte, stimulierte der Schmerzstock sämtliche Nerven im Körper auf die unerträglichste Weise, als hätte man sie alle bloßgelegt und würde mit einem Tuch darüber reiben.

Teal'c warf den Kopf in den Nacken und begann zu brüllen. Die fremdartigen Energien brachen dabei wie eine goldfarbene Kaskade aus seinem Mund und seinen Nasenlöchern, sogar aus seinen Augen. Er hatte das Gefühl, mit einer Kreissäge in Stücke geschnitten zu werden.

Gleichzeitig verhinderten die Energien auch, dass ein Opfer das Bewusstsein verlor. Niemand vermochte eine so grenzenlose Schmerzüberflutung lange zu ertragen, sodass die Torturen spätestens nach zehn Sekunden zum Tod führten.

So weit ließ Terok es jedoch nicht kommen. Nach wenigen Sekunden zog er den Schmerzstock zurück. Kraftlos brach Teal'c in seinen Ketten zusammen, quälte sich aber rasch wieder auf die Beine, als sein gesamtes Gewicht erneut auf den Manschetten lastete und er das Gefühl hatte, seine Hände würden ihm abgerissen.

„So, das war nur ein kleiner Vorgeschmack auf das, was dich erwartet", sagte Terok mit einem zufriedenen, sadistischen Grinsen. „Ich erwarte von dir gar nicht erst, dass du uns die Namen weiterer Rebellen verrätst, weil Heru'ur dank Rak'nor ohnehin die meisten kennt und viele zusammen mit dir festnehmen konnte. Ich will nur sehen, wie du vor mir im Staub kriechst, von deinem Frevel ablässt und mich um Gnade anwinselst."

„Ich werde mich niemals wieder vor einem Goa'uld beugen!"

„Oh doch, glaube mir, das wirst du. Ähnliche Worte habe ich schon oft gehört, und immer haben sie sich am Ende als falsch erwiesen. So wie bei Bra'Tak. Auch er hat geglaubt, den Göttern trotzen zu können, doch als ich ihn zuletzt sah, da hat er geheult wie ein jämmerliches Kleinkind."

Teal'c bemühte sich, sich den eisigen Schrecken nicht anmerken zu lassen, mit dem ihn Teroks Worte erfüllten. Auch Bra'Tak ein Gefangener Heru'urs? Er weigerte sich, es zu glauben, doch er wusste, dass dies in erster Linie Wunschdenken war. Die Tatsache, dass Bra'Tak nicht auf der Versammlung erschienen war, ließ eigentlich nur diese Erklärung zu. Er hätte alles daran gesetzt, an diesem ungeheuer wichtigen Treffen teilzunehmen, wenn es ihm irgendwie möglich gewesen wäre.

„Ja, es ist wahr. Auch der Frevler Bra'Tak wurde wie alle anderen wichtigen Drahtzieher eurer lächerlichen Rebellion gefangen genommen, schon Tage vor der Versammlung. Am Anfang war auch er stolz und stark, aber schließlich hat er die Wahrheit erkannt. Als ich mit ihm fertig war, da hat er den Verrat an den Göttern zugegeben und zutiefst bereut."

„Er wäre eher in den Tod gegangen", behauptete Teal'c.

„Das ist er schließlich auch, aber es hat lange gedauert, sehr lange. Für mich nur Tage, aber für ihn müssen es Jahrzehnte gewesen sein. Am Ende hat er mich angefleht, mich, einen Goa'uld, ihm zu verzeihen und ihm seine Sünden zu vergeben. So, wie auch du es tun wirst."

Teal'c sammelte allen Speichel im Mund und spuckte Terok mitten ins Gesicht.

Mit einem wütenden Grunzen wich der Goa'uld einen Schritt zurück und wischte sich den Speichel ab. Gleich darauf hatte er sich wieder gefangen.

„Man hat mir berichtet, dass du stolz und stark wärst", fuhr er fort, als ob nichts geschehen wäre. „Beides sind Eigenschaften, die ich zu schätzen weiß, weil sie die Leidensfähigkeit eines Opfers erheblich verlängern und so zu meinem Vergnügen beitragen."

Er trat wieder an Teal'c heran und musterte ihn einige Sekunden abschätzend von oben bis unten, dann zerriss er ihm mit einem kräftigen Ruck das Gewand, so dass der Oberkörper des Jaffa frei lag.

„Oh ja, nicht nur dein Geist, sondern auch dein Körper ist stark und in bester Verfassung, wie ich sehe", sagte er. „Ich bin überzeugt davon, dass ich mit dir sogar sehr viel Vergnügen haben werde. Aber du sollst wissen, dass ich nicht nur hier bin, um dich zu quälen. Das ist nur ein notwendiges Mittel. Meine Aufgabe ist es, dich zu *läutern*, damit du deine Sünden bereust. Deshalb gewähre ich dir die Gnade, die wichtigsten Stationen deines Lebens noch einmal zu durchlaufen. So wirst du Gelegenheit haben, deine Fehler zu erkennen, die dich in diese aussichtslose Lage gebracht haben. Schwöre deinem Irrweg ab und bekenne dich zu deinem neuen Gebieter, dem Gott Heru'ur, dann werden dir viele Leiden erspart bleiben, und möglicherweise wird er sogar dein Leben verschonen."

„Niemals!", stieß Teal'c hervor, erntete damit jedoch nur ein weiteres herablassendes Grinsen Teroks.

Der Goa'uld ließ sich von dem Wachposten einen

Becher reichen. Dann trat der Jaffa hinter Teal'c und zwang dessen Mund gewaltsam auf. So sehr Teal'c sich auch sträubte, angekettet war er den Kräften des Mannes nicht gewachsen. Terok hielt ihm mit einer Hand die Nase zu, mit der anderen schüttete er ihm den Inhalt des Bechers in den Mund. Teal'c konnte nicht anders, als die scharf schmeckende Flüssigkeit zu schlucken. Brennend rann sie seine Kehle hinunter.

„Genauso leicht wird es mir fallen, auch deinen übrigen Widerstand zu brechen", sagte Terok, trat zurück und bedeutete dem Jaffa, Teal'c loszulassen. „Aber zunächst werde ich dich jetzt erst einmal eine Weile deinen Erinnerungen an die Irrwege überlassen, die du beschritten hast. Doch mach dir keine falschen Hoffnungen, ich werde schon bald wieder nach dir sehen. Bis dahin wünsche ich dir angenehme Träume ..."

Er wandte sich um und verließ zusammen mit seinem Begleiter den Kerker. Lediglich Rak'nor blieb bei Teal'c zurück.

„Das hast du dir alles selber zuzuschreiben", zischte er. „Auch wenn du für den Tod meines Vater mitverantwortlich bist, so warst du doch sein Freund. Deshalb gebe ich dir nur den guten Rat, deine Blasphemie so schnell wie möglich zu bereuen, Sho'va."

Teal'c antwortete nicht. Eine merkwürdige Mattigkeit, von der er annahm, dass sie von dem Trank herrührte, den Terok ihm eingeflößt hatte, umfing seinen Geist. Die Umgebung verschwamm vor seinen Augen, schien einer neuen Realität zu weichen, deren Wurzeln tief in seiner eigenen Vergangenheit lagen.

3

Teal'cs Bewusstsein war auf eine bizarre Art zwiegespalten. Auf der einen Seite wusste er, dass er nur träumte und das, was er wahrnahm, schon vor langer Zeit passiert war. Zugleich aber waren die Erinnerungen so real, dass er glaubte, alles noch einmal zu durchleben. Er hatte sogar das Gefühl, seine einst getroffenen Entscheidungen rückgängig machen zu können, was seinem Leben einen völlig anderen Verlauf gegeben hätte.

Zweifelsohne war genau das der Effekt, den die Droge auslösen sollte. Mit dem Wissen, dass sein Weg ihn eines Tages zu schrecklichen Qualen in Heru'urs Folterzelle führen würde, sollte er seine einst getroffenen Entscheidungen bereuen und als falsch erkennen.

Es war eine besonders perfide Form der Gehirnwäsche. Möglicherweise würde er nach dem Erwachen wirklich nicht mehr er selber sein, wenn er während der Visionen einen anderen Weg beschritt, als er es in Wirklichkeit getan hatte. Diese Überlegungen wurden weggewischt, als kaleidoskopartig immer rascher und intensiver Erinnerungsfetzen auf seinen Verstand einströmten.

Er war wieder ein kleiner Junge, voller Angst und zugleich auch von Hass erfüllt, der mit seiner Mutter nach Chulak floh, nachdem sein Vater von Chronos zur Strafe für sein Versagen in einer aussichtslosen Schlacht getötet worden war. Hier, im Machtzentrum von Chronos' Erzfeind Apophis, erhofften sie sich Schutz vor dem Zorn des Goa'uld, der auch vor der Familie seines in Ungnade gefallenen Primus' nicht Halt gemacht hätte.

Sie fanden Unterkunft in einem der zahllosen Elendscamps außerhalb der Mauern einer der größeren Städte im

Süden von Chulak. Hauptsächlich Ausgestoßene lebten hier, Familien von Jaffa, die in den Augen von Apophis versagt hatten. In dieser Hinsicht gab es zwischen den Goa'uld keine Unterschiede.

Es war eine harte, entbehrungsreiche Kindheit, die Teal'c bereits in jungen Jahren härter gemacht hatte, als er es unter anderen Umständen vermutlich geworden wäre. Hunger war sein ständiger Begleiter gewesen, und oft genug hatte er von anderen, die selbst kaum mehr besaßen, stehlen müssen, um überhaupt überleben zu können.

Trotz allem hatte es während dieser ganzen Zeit für Teal'c keinerlei Zweifel daran gegeben, wie seine Zukunft aussehen würde. Er war entschlossen, Soldat zu werden, aber nicht nur irgendein Krieger, sondern der beste von allen. Sein Ziel war es, Primus von Apophis zu werden, um auf diese Art möglicherweise eines Tages den Tod seines Vaters an Chronos rächen zu können.

Ein solcher Aufstieg von einem Niemand bis zum obersten Befehlshaber von Apophis' Armee war ein kühnes und nahezu aussichtsloses Unterfangen, doch er ließ sich von den Hindernissen, die sich vor ihm auftürmten, nicht abschrecken.

Gleichwohl sprach er mit niemandem über seine Pläne, nicht einmal mit seiner Mutter. Gerade mit ihr nicht, weil er wusste, dass sie ihn nicht verstehen würde und er ihr keinen zusätzlichen Kummer bereiten wollte. Ihr Mann war Krieger gewesen, und wenn er auch nicht in einer der vielen Schlachten gefallen war, die er geschlagen hatte, so verabscheute sie dennoch das Kriegshandwerk. Hinzu kam, dass sie ihre gesamte Kraft mit der Flucht nach Chulak aufgebraucht zu haben schien. Die schlimmen hygienischen Zustände in dem Elendscamp waren ein idealer Brutort für

Krankheiten, die sie immer mehr schwächten, zumal sie nicht behandelt wurden.

Als Teal'c schließlich alt genug war, empfing er voller Stolz seine erste Printa, seinen Symbionten. Genau wie die anderen Goa'uld war auch Apophis in dieser Hinsicht nicht wählerisch. Selbst die Jaffa in den Elendscamps, die Niedrigsten der Niedrigen in der Hierarchie seiner Untergebenen, die ansonsten für ihn kaum mehr als Vieh darstellten, waren immer noch gut genug, als Brutkörper für Goa'uld-Larven zu dienen.

Damals jedoch dachte Teal'c noch anders darüber. Der Empfang der Printa war für ihn der Höhepunkt seines bisherigen Lebens, und sie markierte für ihn zugleich seinen Übergang vom Kind zum Mann.

Nur wenige Wochen später erkrankte seine Mutter erneut an einer der vielen im Camp grassierenden Seuchen, und diesmal gab es für sie keine Rettung mehr. Binnen weniger Tage wurde ihr Zustand so kritisch, dass sie nicht einmal mehr aufstehen konnte und weitere zwei Tage später starb. Eine tapfere Frau, die aus einer einflussreichen Familie am Hofe von Chronos stammte, die seinen Primus geheiratet und viele Jahre ihres Lebens als höchst angesehene Frau in Reichtum und Luxus gelebt hatte, starb als ein Niemand in Schmutz und Elend an einer Krankheit, die mühelos mit den richtigen Medikamenten zu behandeln gewesen wäre, wenn es nur einen Arzt in dem Camp gegeben hätte. Es zerriss Teal'c fast das Herz, als sie in einem namenlosen Grab verscharrt wurde.

Heller noch als jemals zuvor loderte das Feuer des Hasses auf Chronos in ihm, und da er sich mittlerweile im richtigen Alter befand, bewarb er sich noch am gleichen Tag als Rekrut für Apophis' Armee. Er musste einige harte

Auswahlverfahren durchlaufen, denn auch wenn die meisten Jaffa für die Goa'uld in ihren Schlachten kaum mehr als Kanonenfutter darstellten, war die Zahl der Anwärter groß genug, dass sie nur die besten nahmen. Der tägliche Überlebenskampf in dem Elendscamp jedoch hatte Teal'c so sehr gestählt, dass er alle Test mühelos bestand und ohne weitere Schwierigkeiten aufgenommen wurde.

Trotz ihrer Intensität rasten die Erinnerungen wie ein um ein Vielfaches zu schnell laufender Film durch seinen Geist. Vermutlich lag es daran, dass er zu dieser Zeit noch völlig im Sinne der Goa'uld gedacht und gehandelt hatte, durchzuckte ihn ein Gedanke, den er jedoch im nächsten Moment schon wieder vergessen hatte.

Der schweren Zeit in dem Elendscamp folgten kaum weniger angenehme Jahre in einem Ausbildungslager. Der unbarmherzige Drill sadistischer Ausbilder wechselte sich ab mit den Schikanen seiner Kameraden, bei denen Teal'c nicht sonderlich beliebt war. Zwar galt er als verschlossen und einzelgängerisch und er sonderte sich weitgehend von den anderen ab. Dennoch merkten sie, dass er anders war als sie, dass er einen Ehrgeiz in sich trug, der den ihren weit übertraf. Das machte ihn zu einem Außenseiter, der von den anderen drangsaliert wurde, wo es nur ging, doch es machte ihm nichts aus. Es machte ihn sogar noch stärker.

Schon bald übertraf er sie alle in jeglicher Beziehung. Er war stärker und ausdauernder als sie, beherrschte den Kampf mit und ohne Waffen besser als jeder von ihnen und brillierte bei Taktik und Strategie in der theoretischen Kriegsführung.

Nach einiger Zeit nahmen die Schikanen gegen ihn ab, nachdem seine Widersacher sich ein paarmal blutige Nasen geholt und erkannt hatten, dass es besser für sie war, ihm aus dem Weg zu gehen. Fortan konzentrierte er sich noch intensiver darauf, seinen Körper und seinen Geist gleichermaßen zu einer einheitlich funktionierenden Kampfmaschine zu formen.

Während dieser Zeit machte er die Bekanntschaft eines weiteren Jaffa in seinem Alter, dem es ähnlich wie ihm ging. Auch Valar war ein Außenseiter, der von den anderen gemieden wurde, und auch er arbeitete ehrgeizig daran, in allem so gut wie möglich zu werden. Genau wie er selbst war er kräftig gewachsen, mit dunkler Haut, stählernen Muskeln und einem trotz seiner Jugend bereits scharfgeschnittenen Gesicht mit markanten Zügen.

Sie erkannten rasch die geistige Verwandtschaft zwischen ihnen, und es dauerte nicht lange, bis sie sich anfreundeten. Auch trainierten sie meist zusammen, um gegenseitig die größtmögliche Leistung aus sich herauszuholen.

Ihre Fortschritte blieben auch ihren Ausbildern nicht verborgen. Sie erkannten das enorme Potential, das in den beiden jungen Männern steckte, und berichteten höher gestellten Offizieren davon. Auf diese Art brachten sie eine Entwicklung in Gang, die schon bald zu einer grundlegenden Änderung im Leben der beiden jungen Männer führen sollte.

4

Gewöhnlich dauerte eine Grundausbildung in Apophis' Armee fünf Jahre und endete in der finalen Herausforderung, in der die Rekruten in zwei Gruppen aufgeteilt wurden und erstmals mit echten Waffen gegeneinander kämpften. Für viele von ihnen bedeutete dies den Tod, doch die Überlebenden erhielten anschließend den Status als vollwertige Krieger.

Dreieinhalb dieser fünf Jahre waren verstrichen, als eines Tages im Anschluss an eine Waffenübung Aufregung im Ausbildungslager ausbrach. Gerüchte machten die Runde, dass hoher Besuch eingetroffen wäre, einige Jaffa spekulierten sogar, Apophis selbst wäre gekommen, um sich vom Fortschritt der Rekruten zu überzeugen.

Wenig später erschien ein Bote in Teal'cs und Valars Unterkunft und befahl ihnen, sofort in die Hütte des Lagerkommandanten zu kommen.

Neben dem Kommandanten selbst und einigen der Ausbildern erwarteten sie dort mehrere in prachtvolle Uniformen gekleidete Jaffa, die sie als ranghohe Offiziere auswiesen. Einer von ihnen erweckte sofort Teal'cs besondere Aufmerksamkeit, ein älterer Mann mit einem vernarbten Gesicht und durchdringend blickenden Augen. Er war von eher kleiner Statur und sah auch sonst nicht sonderlich beeindruckend aus, dennoch ging etwas von ihm aus, das Teal'c auf Anhieb in seinen Bann schlug. Etwas wie eine unsichtbare Aura aus Weisheit, Macht und natürlicher Autorität umgab ihn und ließ alle anderen an seiner Seite zu unscheinbaren Schemen verblassen.

„Verbeugt euch vor Meister Bra'Tak, Primus unseres Gottes Apophis!“, befahl der Kommandant.

Für einen Moment war Teal'c wie erstarrt, dann sank er rasch neben Valar auf die Knie. Er fühlte sich wie betäubt, die Gedanken überschlugen sich in seinem Kopf.

Bra'Tak!

Der so unscheinbar aussehende Mann war nicht nur Primus und damit der mächtigste Jaffa unter Apophis, er war eine Legende. Die von ihm entwickelten und angewandten Strategien in diversen Schlachten waren Thema ungezählter Unterrichtsstunden gewesen, und sein Ruf als unerbittlicher Kämpfer und militärisches Genie war weit über die Grenzen von Apophis' Reich hinaus verbreitet. Teal'c erinnerte sich, dass selbst sein Vater, obwohl dieser die gleiche Position in den Diensten des mit Apophis befeindeten Chronos bekleidet hatte, von Bra'Tak stets nur mit Hochachtung gesprochen hatte.

Und nun kniete er vor dieser lebenden Legende, die anscheinend gekommen war, um ihn und Valar persönlich in Augenschein zu nehmen.

„Steht auf, ich hasse diese Ehrenbezeugungen!“, verlangte der Jaffa und wartete, bis sie seinem Befehl nachgekommen waren. „Ihr seid also Teal'c und Valar.“ Es war keine Frage sondern eine Feststellung, und er wartete auch gar nicht erst, bis einer von ihnen etwas darauf erwiderte. „Man hat mir berichtet, dass ihr die besten eures Jahrganges wärt und alle anderen Rekruten weit übertreffen würdet. Ist das so?“

„Wir bemühen uns lediglich, stets ...“, setzte Valar an, und im gleichen Moment erkannte Teal'c seinen Fehler. Ein Mann wie Bra'Tak wäre nicht persönlich hergekommen, wenn er sich nicht bereits ausgiebig über sie informiert hätte, und man beeindruckte jemanden wie ihn nicht durch Unterwürfigkeit und falsche Bescheidenheit.

„Das sind wir“, fiel er Valar deshalb mit fester Stimme ins Wort, bevor dieser sie beide um Kopf und Kragen reden konnte. „Wir besiegen jeden anderen im Kampf.“

So sehr er sich auch bemühte, sich seine Nervosität nicht anmerken zu lassen, so angespannt war er innerlich. Er schätzte Bra'Tak als jemanden ein, der offene Worte zu schätzen wusste, und dessen Achtung man nur mit Taten und einem selbstbewussten Auftreten erringen konnte. Möglicherweise aber irrte er sich auch und hatte all seine hochfliegenden Pläne gerade mit nur wenigen Worten zunichte gemacht.

Einige Sekunden herrschte atemlose Stille. Das Gesicht des Lagerkommandanten war zu einer verzerrten Grimasse des Schreckens erstarrt, und wenn seine Blicke hätten töten können, wäre Teal'c zweifelsohne im nächsten Moment leblos zusammengebrochen.

„Lasst uns beide allein!“, verlangte Bra'Tak mit ausdruckslosem Gesicht.

Sofort verließen die anderen die Hütte, auch Valar, der Teal'c von der Tür her noch einen verzweifelten Blick zuwarf. Anscheinend war er davon überzeugt, dass sich der Zorn Bra'Taks nun auf seinen Freund entladen würde, was sicherlich auch für ihn nicht ohne Folgen bleiben würde.

Auch Teal'c selbst war wesentlich unsicherer geworden. Hatte er sich tatsächlich in Bra'Tak getäuscht und den Bogen überspannt? Mit jedem verstreichenden Moment, den der Jaffa ihn schweigend musterte, wuchs seine Nervosität. Er merkte, dass sich Schweißperlen auf seiner Stirn bildeten, wagte jedoch nicht, die Hand zu heben und sie wegzuwischen.

„Du glaubst also, dass du jeden anderen im Kampf besiegen kannst“, sagte Bra'Tak endlich nach einigen Sekunden, die Teal'c wie eine Ewigkeit erschienen. „Nun, greif mich an!“

Überrascht und zugleich verständnislos starrte Teal'c ihn an. Er glaube sich verhört zu haben. Es war doch unmöglich, dass der Primus von Apophis ihn gerade aufgefordert hatte...

„Hast du nicht gehört? Du sollst mich angreifen!“, wiederholte Bra’Tak und versetzte ihm gleichzeitig mit den Händen einen kräftigen Stoß gegen die Brust, der Teal’c einen Schritt zurücktaumeln ließ.

Noch bevor Teal’c sich bewusst wurde, was er tat, reagierte er gemäß der Reflexe, die man ihm während der Ausbildung antrainiert hatte. Er schlug die vorgestreckten Hände seines Gegenübers mit dem linken Arm zur Seite und schlug gleichzeitig ansatzlos mit der rechten Faust zu, schmetterte sie genau in Bra’Taks herablassend grinsendes Gesicht.

Zumindest versuchte er es.

Er kannte niemanden, der schnell genug war, seinem Schlag auszuweichen. Einmal hatte er einem seiner Ausbilder sogar versehentlich beim Training trotz bewusst verlangsamter Bewegungen auf diese Art den Kiefer gebrochen.

Bra’Tak jedoch bog lediglich mit einer fast spielerischen Bewegung den Oberkörper zur Seite, vollführte eine halbe Körperdrehung und versetzte Teal’c seinerseits zwei schmerzhafte Nierenschläge.

„Na los, versuch es noch einmal!“

Nachdem Teal’c einmal erkannt hatte, dass der Jaffa es mit seiner Aufforderung zum Kampf wirklich ernst meinte, ließ er nun jegliche Zurückhaltung fallen. Mit einem wilden Schrei stürzte er sich auf Bra’Tak und deckte diesen mit einer ganzen Serie blitzschnell geführter Schläge und Tritte ein, die jeden ihm bekannten Gegner binnen weniger Augenblicke gefällt und schwer verletzt hätten.

Bra’Tak jedoch wich ihnen mit der gleichen offenbar spielerischen Leichtigkeit wie zuvor aus, und als er nach einigen Sekunden schließlich konterte, versetzte er Teal’c zwei Schläge, die so schnell kamen, dass dieser sie nicht einmal im Ansatz hatte kommen sehen. Gleich darauf säbelte er ihm mit einem ebenso blitzartigen Tritt die Beine unter dem Körper weg, sodass Teal'c schwer zu Boden stürzte. Sofort packte Bra'Tak einen Stuhl und richtete eines der Beine wie eine Waffe auf seine Kehle.

Teal'c blieb reglos liegen. Beschämt senkte er den Blick, weil er es nicht mehr schaffte, Bra'Tak in die Augen zu sehen.

„Es tut mir Leid, wenn ich Euch enttäuscht habe, Meister Bra'Tak", murmelte er. „Mein Leben liegt in Eurer Hand, verfügt über mich."

„Enttäuscht?" Der Jaffa lächelte. „Wer sagt, dass du mich enttäuscht hast. Du kämpfst ausgezeichnet, bist schnell und hast gute Reflexe. Viel besser als die meisten anderen in deinem Alter und deinem Ausbildungsstand, die ich kenne. Du hast mich nicht enttäuscht, Teal'c. Es war nur ein Test, und ich wollte dir für deine mutigen aber vorlauten Worte eine kleine Lektion erteilen. Hast du wirklich geglaubt, mich im Kampf besiegen zu können? Ich hätte es nicht verdient, länger Primus von Apophis zu sein, wenn ich mich von einem Rekrut im vierten Ausbildungsjahr bezwingen ließe."

Er stellte den Stuhl wieder zur Seite und reichte Teal'c die Hand, der sie nach kurzem Zögern ergriff und sich auf die Beine helfen ließ.

„Und wie geht es nun weiter?", fragte er, froh darüber, dass er Bra'Tak offenbar genau richtig eingeschätzt hatte. Zugleich schämte er sich, dass er zum Lohn für seine großspurigen Worte so blamiert worden war. Wie hatte er sich einbilden können, einen erfahrenen und mit allen Wassern gewaschenen Krieger wie Bra'Tak besiegen zu können, nur weil er stärker und flinker als die anderen Rekruten in dem Ausbildungslager war? Selbstüberschätzung konnte eine große Schwäche darstellen, zumindest diese Lektion hatte er gelernt.

„Man hat nicht übertrieben, als man mir von dir berichtete“, behauptete Bra’Tak. „Aber du musst noch viel lernen. Vor allem musst du erkennen, dass wahre Stärke nicht in deinem Körper steckt sondern hier oben.“ Er tippte sich an die Stirn. „Trotzdem wäre es eine Verschwendung deiner Fähigkeiten, dich weiter hier zu lassen. Ich selbst werde mich um deine weitere Ausbildung kümmern. Apophis rüstet momentan für einen Feldzug gegen seinen alten Feind Heru’ur, um den von dessen Truppen besetzten Planeten Nakor zurückzuerobern, wo sich bedeutende Naquada-Minen befinden. Du wirst daran teilnehmen.“

„Aber… ich habe die finale Herausforderung noch nicht bestanden“, wandte Teal’c ein. Er war überwältigt von dem, was ihm Bra’Tak gerade gesagt hatte, dennoch kam alles ein bisschen zu schnell für ihn, fast wie in einem Märchen.

„Du wirst diese Prüfung mit dem Blut unserer Feinde besiegeln, nicht mit dem deiner Kameraden. Was ist mit Valar? Ist er wirklich ebenso gut wie du?“

„Das ist er“, bestätigte Teal’c.

„Hm.“ Bra’Tak überlegte einen Moment. „Ich habe viele junge Rekruten wie ihn kennen gelernt. Sie besitzen große Fähigkeiten, aber dennoch fehlt ihnen das entscheidende Quäntchen an Entschlossenheit und Wagemut, das sie zu wirklich großen Kriegern machen würde. Ich fürchte, bei Valar verhält es sich auch so. Dennoch will ich ihm eine Chance geben und ihn ebenfalls unterrichten. Woher stammst du? Wer ist dein Vater?“

„Mein Vater war Ronak, Primus von Chronos", erklärte er. „Er wurde getötet, weil..."

„Ich habe davon gehört, und kenne auch die Hintergründe", unterbrach ihn Bra'Tak. „Ronak war zwar mein Widersacher, aber dennoch ein großer Krieger, und ich habe seinen Tod bedauert. Wegen seiner Unbeherrschtheit hat sich Chronos selbst seines besten Mannes beraubt. Aber die Goa'uld denken in dieser Hinsicht anders. Wie vielen hast du von deiner Herkunft erzählt?"

„Nur Valar, sonst niemandem."

„Das ist gut." Bra'Tak nickte zufrieden. „So solltest du es auch weiterhin halten. Wenn dich jemand fragt, dann sag, dein Vater wäre ein unbedeutender Handwerker gewesen oder du hättest ihn nie kennen gelernt. Das gilt auch, wenn du eines Tages Apophis vorgestellt werden solltest, und er sich nach deiner Herkunft erkundigt. Es gilt sogar gerade für ihn."

Bra'Tak wandte sich ab und ging zur Tür. Sprachlos starrte Teal'c ihm nach. Weniger noch als alles andere zuvor konnte er glauben, was er gerade gehört hatte.

War es tatsächlich möglich, dass ihn der Primus von Apophis höchstpersönlich aufgefordert hatte, seinen *Gott* zu belügen?

FLUG INS UNGEWISSE

1

In den Computern des StarGate-Centers wurde der Planet, von dem aus Jakob Carter zur Erde gereist war und wo er sein Raumschiff versteckt hatte, unter der Bezeichnung P3X-772 geführt. Es handelte sich um eine trockene, heiße Welt, zumindest soweit es die Gegend betraf, in der das SternenTor stand.

Allerdings bezweifelte O'Neill, dass es Kontinente auf P3X-772 gab, auf denen es anders aussah. Dafür befand sich der Planet zu nah an der Sonne. Unbarmherzig brannte sie von einem wolkenlosen Himmel herab. Nirgendwo waren größere Pflanzen zu entdecken; die einzige sichtbare Vegetation bestand aus gelblich-braunen Grasbüscheln und bizarr geformten Flechten in der gleichen Farbe.

Normalerweise wären die klimatischen Bedingungen O'Neill ziemlich egal gewesen, da sie sich ohnehin nicht lange hier aufhalten würden. Dennoch verfluchte er in Gedanken schon nach kaum einer Minute sowohl P3X-772 und zusätzlich auch noch Daniel aus tiefstem Herzen. Die Hitze trieb ihm den Schweiß auf die Stirn und schien den Koffer, den er mit sich schleppte, noch schwerer zu machen, als das klobige Ding ohnehin schon war.

Nach wenigen Dutzend Schritten stellte er den Koffer ab, wischte sich mit dem Uniformärmel über das Gesicht und rückte seine Uniformmütze zurecht.

„Verdammt, Daniel, ist das wirklich nötig?", presste er hervor. „Was haben Sie bloß in den Koffern?"

„Hauptsächlich Bücher", gab der Wissenschaftler zurück. Er schleppte einen fast ebenso großen Koffer. „Aufzeichnungen über die Phönizier, ihre Sprache und ihre Schrift. Wollen Sie das Risiko eingehen, eine Mine umzuprogrammieren, ohne die Bedienungsanleitung richtig übersetzt zu haben?"

„Aber warum ausgerechnet tonnenschwere Bücher? Hätte es ein einfacher Laptop nicht auch getan?"

„Tja, wäre mir auch lieber gewesen. Leider konnte ich im archäologischen Museum keine Informationen über phönizische Symbolik auf CD finden."

„Manchmal denke ich, Jack, Sie sind nicht glücklich, wenn Sie nichts zum Meckern haben", mischte sich Jakob Carter ein. „Jetzt stellen Sie sich nicht so an, es ist nicht mehr weit. Mein Schiff steht direkt hinter der Düne da vorne."

O'Neill blickte in die angegebene Richtung. Was Jakob *als nicht mehr* weit bezeichnet hatte, war eine Strecke von mindestens noch zweihundert Metern. Normalerweise ein Katzensprung, aber nicht, wenn man eine Zentnerlast mit sich herumzutragen hatte. Dennoch verzichtete er auf einen Kommentar, ergriff seufzend den Koffer mit der anderen Hand und stapfte weiter.

Seine schlechte Laune rührte nicht allein von der Hitze und dem Gewicht des Koffers her. In Wahrheit gab es noch andere Gründe dafür.

Zum einen mochte er noch nicht daran glauben, dass alles so einfach sein würde, wie Jakob es sich anscheinend vorstellte. Zum Teufel, sie standen im Begriff, mitten in ein Minenfeld hinein zu fliegen und an der hochexplosiven

Hinterlassenschaft einer fremden Kultur herumzuexperimentieren, über deren Schrift selbst Daniel nicht viel mehr zu sagen wusste, als dass sie auf phönizischen Symbolen beruhte. Ein bisschen war das, als ob ein Kind mitten in einem Munitionsdepot mit Knallfröschen herumspielte.

Ganz abgesehen davon, dass sie es dabei auch noch mit den beiden mächtigsten Goa'ulds zu tun bekommen würden.

Zum Zweiten empfand er immer noch Misstrauen, ob Jakob ihnen die ganze Wahrheit über seinen Plan verraten hatte. Es wäre so ziemlich das erste Mal, dass die Tok'ra nicht irgendwelche Informationen zurückhalten würden.

Und zum Dritten vermisste er Teal'c. Seit der Gründung von SG-1 war der Jaffa ein unersetzliches Mitglied des Teams und hatte sich bei praktisch allen Einsätzen an ihrer Seite befunden. Mit seinem Wissen über die Goa'uld, seiner Tapferkeit und seiner Kampferfahrung hatte er sie oft genug aus gefährlichen Situationen gerettet. Man konnte gegen Apophis sagen, was man wollte, aber er hatte es verstanden, seine Leute hervorragend ausbilden zu lassen, obwohl Teal'c selbst unter den Jaffa eine herausragende Stellung einnahm.

Es gefiel O'Neill gar nicht, dass Teal'c sich diesmal nicht bei ihnen befand. Zum wiederholten Mal in den letzten Tagen fragte er sich, wie es dem Freund wohl gehen mochte, und versuchte sich damit zu beruhigen, dass dem Jaffa schon nichts passieren würde.

Eine Ewigkeit schien zu vergehen, bis sie endlich die Kuppe des Hügels erreichten und Jakob stehen blieb. Er zog einen kleinen Signalgeber aus der Tasche und richtete ihn auf die freie Fläche vor ihnen. Die Luft schien ein paar Sekunden lang zu flimmern und sich in die von sanften

Wellen gekräuselte Oberfläche eines Sees zu verwandeln, als der Tarnschirm deaktiviert wurde. Dann formten sich wie aus dem Nichts die Umrisse des pyramidenförmigen, etwa zehn Meter durchmessenden Frachtschiffs mit der nach vorne lang gezogenen und flach zulaufenden Schnauze, in der sich das Pilotencockpit befand.

Ein weiterer Impuls des Signalgebers öffnete die seitliche Einstiegsschleuse, durch die sie das Schiff betraten.

O'Neill ließ seinen Blick über die mit einer goldenen Legierung überzogenen Wände gleiten. Abgesehen von dem Pilotensitz und dem Steuerungspult, sowie einer abgetrennten Sektion im Heck, in der sich der Antrieb befand, war das Innere des Schiffs völlig kahl.

„Echt toll", kommentierte er sarkastisch. „Sieht noch gemütlicher aus als beim letzten Mal, als ich in so einer Luxuskutsche gewesen bin. Steht ihr neuerdings auf den spartanischen Stil?"

„Die Frachtraumtüren, die Quartiere und alles was sonst nicht unbedingt nötig ist, sind entfernt worden", erklärte Jakob. „Sobald wir eine Mine eingeholt haben, brauchen wir hier drin so viel Platz wie möglich. Die Dinger sind ziemlich groß."

„Moment mal", hakte O'Neill fassungslos nach. „Sie wollen eine Mine – hier *hereinholen*?"

„Sicher", erwiderte der Tok'ra. „Wie sollen wir sie wohl sonst umprogrammieren? Dafür werden wir uns der Transportringe bedienen."

„Und wo sind die Fluchtkapseln?", erkundigte sich Daniel, nachdem er sich ebenfalls umgesehen und die leere Stelle an einer Wand entdeckt hatte, wo sich die Kapseln gewöhnlich befanden.

Jakob zuckte gleichgültig die Achseln.

„Die werden wir wohl nicht brauchen, deshalb sind sie ebenfalls ausgebaut worden. Falls die Mine hier drin hochgehen sollte, würden uns auch Fluchtkapseln nichts mehr nützen."

„Klar, klingt einleuchtend", sagte Daniel mit Grabesstimme und einem reichlich entgeisterten Gesichtsausdruck. Seine Nase begann wieder zu laufen. „O Mann, dieser Schnupfen bringt mich noch um." Er nieste ein paar Mal und benutzte erneut sein Nasenspray, während Jakob in dem Pilotensessel Platz nahm und die Instrumente vor sich zu checken begann.

O'Neill schüttelte den Kopf und verdrehte die Augen.

„Ich *wusste*, dass er wieder mal irgendetwas vergessen hat zu erwähnen", murmelte er verdrossen. „Er würde einfach nicht zu einem Tok'ra passen. Wahrscheinlich würden die ihn schlichtweg rausschmeißen, wenn er uns einmal rein versehentlich im Vorfeld einer Mission die ganze Wahrheit erzählen würde..."

2

Ein Flug mit Überlichtgeschwindigkeit war normalerweise ein äußerst faszinierendes Erlebnis. Das menschliche Auge war nicht in der Lage, die Konsistenz des Hyperraums, jenes dem normalen Einstein-Relativitätsuniversum übergeordnete Kontinuum, durch das auch die Reisen von einem SternenTor zum nächsten führten, wahrzunehmen. Aber während die Durchquerung eines der künstlich geschaffenen Wurmlöcher praktisch ohne Zeitverlust vonstatten ging, konnte ein überlichtschneller Flug lange dauern. Deshalb setzte das menschliche Gehirn die empfangenen Eindrücke in trügerische, aber wenigstens verständliche Bilder um. Dadurch entstand der Eindruck, die Reise würde geradewegs durch eine von bunten Farben und unbestimmbaren Formen voller Harmonie erfüllte Welt führen.

Bei seinem ersten Flug war O'Neill genau wie die anderen Mitglieder von SG-1 davon noch ergriffen gewesen. Mittlerweile jedoch hatte auch dieses eindrucksvolle Erlebnis seinen Reiz für ihn verloren. Gelangweilt saß er auf dem Boden des Frachtschiffs, spielte an seiner Multifunktionsuhr herum und blickte sich immer wieder um.

Auch Sam und Daniel hatten es sich wie er auf dem Boden einigermaßen bequem gemacht, doch hatten sie wenigstens eine Beschäftigung. In weitem Kreis um sie herum lagen aufgeschlagene Bücher und Sammlungen loser Blätter, in denen sie mit sichtlicher Konzentration herumschmökerten.

Auch O'Neill hatte aus lauter Langeweile vor einiger Zeit nach einem der Bücher gegriffen, es aber schnell wieder aus der Hand gelegt, da ihn irgendwelche Ausführungen über die Besonderheiten der phönizischen Sprache nicht die Bohne interessierten.

Er beugte sich vor und stupste Sam Carter an. Sie sah von dem Buch auf, in dem sie gelesen hatte und blickte ihn fragend an.

„Verstehen Sie irgendwas davon?", erkundigte sich O'Neill.

Sam zuckte die Achseln.

„Kommt mir alles sehr phönizisch vor", versuchte sie einen müden Scherz. „Aber ich beschäftige mich weniger mit der Sprache, sondern ich überprüfe Berechnungen, die

die Tok'ra bereits angestellt haben, mit den uns bekannten phönizischen Schriftzeichen, um..."

„Schon gut." Abwehrend hob O'Neill die Arme. „Keine Vorträge, bitte." Sam war dafür berüchtigt, dass sie stundenlang über irgendwelche meist physikalischen Phänomene erzählen konnte, die sie faszinieren mochten, von denen aber kaum jemand sonst etwas verstand, und das war so ziemlich das Letzte, worauf er jetzt Lust verspürte. „Ich will nur wissen, ob Sie wirklich in der Lage sind, eine dieser Minen umzuprogrammieren, ohne dass sie uns um die Ohren fliegt."

„Aufgrund falscher Übersetzung sind den Tok'ra bei ihren Berechnungen ein paar Fehler unterlaufen, die ich bereits gefunden und korrigiert habe. Aber Daniel leistet die eigentliche Arbeit."

„Daniel?" O'Neill blickte zu dem Wissenschaftler hinüber, der ihn verwirrt anblickte. Anscheinend war er so in seine Unterlagen vertieft gewesen, dass er nichts von dem mitbekam, was um ihn herum vorging.

„Ich fragte, ob es uns gelingen wird, eine der Minen umzuprogrammieren."

„Das hängt ganz davon ab, wie weit ich mit meiner Arbeit komme und ob man mich dabei in Ruhe lässt", gab Daniel zurück.

„Hm, schon okay, ich habe verstanden." Frustriert beschäftigte sich O'Neill weiter mit seiner Armbanduhr.

3

„Wir erreichen das Tobin-System in einer knappen Minute", teilte Jakob Carter mit.

O'Neill fuhr erschrocken hoch und wurde sich bewusst, dass er für eine Weile eingeschlafen war, bis Jakobs Ankündigung ihn wieder geweckt hatte. Er gähnte herzhaft, dann reckte und streckte er sich, um seinen Kreislauf wieder in Schwung zu bringen, ehe er aufstand und nach vorne zur Pilotenkanzel ging.

„Rückkehr in den Normalraum in zehn, neun, acht, sieben...", zählte Jakob den Countdown herunter. „... drei, zwei, eins, jetzt!"

Zeitgleich mit dem letzten Wort drückte er auf einen Knopf. Vor den Cockpitfenstern erlosch die Farb- und Formenvielfalt des Hyperraums und machte dem normalen Anblick des Weltraums Platz.

Sie befanden sich am äußeren Rand eines Systems aus vier Planeten, die um eine Sonne kreisten. Keiner der Planeten besaß Monde, dennoch war das All zwischen ihnen nicht leer. Auf den ersten Blick war zu erkennen, dass es sich bei dem von der Sonne aus zweiten Planeten um die Welt der Tobin handeln musste.

Ein wenig sah es so aus, als ob er sich mitten im Schweif eines Kometen oder einem Asteroidengürtel befände. Unzählige winzige blitzende Objekte umgaben ihn; die Minen, von deren metallener Oberfläche das Sonnenlicht reflektiert wurde. Ihre Zahl musste in die Zehntausende gehen, wahrscheinlich sogar in die Hunderttausende.

„Wow", machte O'Neill beeindruckt. „Kommt mal her, das müsst ihr euch ansehen."

Sam und Daniel legten ihre Bücher zur Seite, standen auf und traten hinter ihn. Auch sie waren sichtlich beeindruckt von dem Anblick, der sich ihnen bot.

„Unglaublich", murmelte Daniel. „Wie lange, sagten Sie, sind die Tobin schon ausgestorben?"

„Unseres Wissens seit etwa hundert Jahren", erwiderte Jakob.

„Das ist..." Daniel brach ab und schüttelte den Kopf. „Ich meine, für eine Zivilisation, die den Aufzeichnungen zufolge der unseren höchstens um einige Jahrzehnte voraus war, stellt es eine ungeheure Leistung dar, all diese Minen zu bauen und sie so um ihren Planeten zu postieren, dass sie auch nach so langer Zeit noch ihrem Kurs folgen und nicht längst zusammengestoßen und explodiert sind."

„Angst ist eine starke Triebfeder für außergewöhnliche Anstrengungen", warf Sam ein. „Und anscheinend hatten die Tobin vor Sokar im wahrsten Sinne des Wortes eine geradezu höllische Angst, die sie zu dieser Leistung befähigt hat."

„Nur hat sie nicht verhindern können, dass die Tobin trotzdem ausgestorben sind", erinnerte O'Neill. „Aber was Angst betrifft – ich muss gestehen, dass die Dinger da draußen mir eine ziemliche Angst einflößen. Glauben Sie, das könnte uns auch irgendwie beflügeln, wenn es darum geht, eine der Minen umzuprogrammieren? Sam? Daniel?"

„Ich weiß nicht", antwortete der Wissenschaftler nach kurzem Zögern und zuckte die Achseln. „Grundsätzlich glaube ich schon, dass es uns gelingen kann. Wenn nur nicht der enorme Zeitdruck wäre. Wenn mir noch ein oder besser zwei Wochen blieben, mich richtig in die Materie einzuarbeiten, dann würde ich ganz sicher..."

„So viel Zeit haben wir aber nicht", fiel O'Neill ihm ins Wort. „Die Frage ist, ob Sie *jetzt* in der Lage sind, die entsprechenden Veränderungen vorzunehmen. Wenn nicht, schlage ich nämlich vor, dass wir auf schnellstem Wege wieder zur Erde zurückkehren."

„Wir…“, setzte Jakob an, doch O’Neill ließ auch ihn nicht aussprechen.

„Ich weiß, ich weiß, den Tok’ra liegt viel an dieser Mission, und ich weiß auch, dass das Ihr Schiff ist“, schnitt er ihm das Wort ab. „Aber SG-1 untersteht meinem Kommando, und ich habe keine Lust, meinen Hintern und den meiner Leute für eine Selbstmordoperation zu opfern. Also, wie sieht es aus, Daniel?“

Wieder zögerte der Wissenschaftler einen Augenblick, dann gab er sich einen Ruck.

„Grundsätzlich gut“, erklärte er.

„Grundsätzlich?“

„Das Problem ist, dass die Tobin zwar von den Phöniziern abstammen und deren Sprache und Schrift glücklicherweise in groben Zügen beibehalten haben, aber dennoch haben sie sich im Laufe der Jahrtausende weiterentwickelt und Veränderungen durchlaufen. Ich denke, Sam und ich haben das Funktionsprinzip der Minen und ihrer Programmierung in wesentlichen Zügen entschlüsselt. Um zu entscheiden, ob das für einen Versuch in der Praxis ausreicht, müsste ich erst eine der Minen vor mir haben und sie untersuchen.“

Er sah die Skepsis in O’Neills Gesicht und legte ihm eine Hand auf die Schulter.

„Jack, Sie wissen, dass viel auf dem Spiel steht. Wir sollten es zumindest versuchen. Wenn es zu brenzlig wird, können wir immer noch aufgeben.“

O’Neill blickte wieder zu dem Minenfeld hinaus, das aus der Ferne einen so phantastischen Anblick bot, dass man leicht vergessen konnte, dass es sich bei den wie Edelsteinen funkelnden Pünktchen um tödliche Vernichtungswaffen handelte.

„Zum Teufel, was soll's", knurrte er schließlich. „Ich habe sowieso nicht vor, ewig zu leben. Fliegen wir hin und schnappen wir uns eins dieser verdammten Dinger!"

DER DANK EINES GOTTES

1

Einige kräftige Schläge ins Gesicht rissen Teal'c aus seinen Drogenvisionen. Es dauerte einen Moment, bis er wieder wusste, wo er sich befand, und sich an alles erinnerte. Sein ganzer Körper schmerzte, vor allem seine Arme, weil er während der Bewusstlosigkeit erneut in sich zusammengesackt war und sein gesamtes Gewicht an seinen Handgelenken hing. Rasch verlagerte er es wieder auf seine Beine.

Schlimmer jedoch noch als der körperliche Schmerz war die Trauer um Bra'Tak. Sein Tod und die Gefangennahme der anderen Anführer des Widerstandes warf das Volk der Jaffa um viele Jahre, vielleicht Jahrzehnte, im Kampf gegen die Goa'uld zurück.

Aber sein früherer Lehrmeister war nicht nur eine Galionsfigur der Rebellion gewesen, sondern vor allem auch sein Freund, der ihn zu dem gemacht hatte, der er heute war, im Guten wie im Schlechten. Die Nachricht von seinem Tod unter der Folter schmerzte Teal'c beinahe mehr als alles, was Terok ihm antun konnte.

„Ich hoffe, du hast mich noch nicht vermisst", sagte der Goa'uld mit einem abstoßenden Grinsen. „Hattest du ein paar schöne Träume? Bereust du deine Blasphemie gegenüber den Goa'uld schon?"

„Es gibt nichts, was ich zu bereuen hätte!", keuchte

Teal'c. „Du willst also immer noch den starken Mann spielen, nun gut. Heru'ur hat sich etwas Besonderes für dich einfallen lassen. Es genügt ihm nicht, deinen Willen einfach nur zu brechen. Er möchte, dass alle die, die dich für einen Helden halten, Zeuge deiner Demütigung werden."

Er deutete auf ein kleines, rundes Gerät mit einer Linse an der Vorderseite, das einige Schritte vor Teal'c auf einer etwa einen halben Meter hohen Säule ruhte.

„Von nun an wird deine Läuterung aufgezeichnet und überall auf Chulak übertragen, damit alle zusehen können, wie der große Teal'c seinen Frevel eingesteht und zu seinem Gott Heru'ur fleht, ihn von seinen Qualen zu erlösen."

„Mach mich von meinen Ketten los und schick Heru'ur her, damit er mir im offenen Kampf gegenübertritt", stieß Teal'c hervor. „Wenn ich ihm seinen Symbionten aus dem Leib reiße und mit meinen Händen zerquetsche, dann werden alle erkennen, dass er nur ein Parasit ist."

„Du sollst den Namen deines Gottes nicht in den Mund nehmen, wenn du nicht vorhast, ihn zu preisen."

Terok berührte Teal'cs Brust mit dem Schmerzstock und aktivierte ihn. Wieder begann der Jaffa zu brüllen, als die lodernden Energieströme durch seinen Körper rasten und aus seinen Gesichtsöffnungen hervorbrachen.

Ermattet und halb ohnmächtig sank Teal'c in seinen Ketten zusammen.

„Nun?", fragte Terok kalt. „Du kannst dir weitere Schmerzen ersparen, wenn du einfach nur gestehst, dass du im Unrecht bist. Unterwirf dich Heru'ur, und ich bin sicher, dass er dir in seiner Großzügigkeit Gnade gewähren wird."

„Ein Goa'uld … weiß doch nicht einmal, was … dieses Wort bedeutet", brachte Teal'c mühsam über die Lippen.

Noch immer schmerzte sein Körper, als ob er in kochendes Wasser getaucht würde. „Lieber sterbe ich als… meine Überzeugung zu verraten."

Warnungslos schlug Terok zu. Seine Faust traf Teal'cs Gesicht, ließ seine Unterlippe aufplatzen und schleuderte seinen Kopf in den Nacken. Sofort schlug er noch einmal zu, wieder und wieder, mehr als ein halbes Dutzend Mal, doch nach den Torturen durch den Schmerzstock spürte Teal'c die Schläge kaum.

Schließlich umfing ihn eine gnädige Ohnmacht.

2

Der Kampf um Nakor war grausam und blutig gewesen, viel schrecklicher, als Teal'c sich hatte vorstellen können, obwohl man ihn freilich auf die Gräuel des Krieges vorzubreiten versucht hatte.

Heru'urs Truppen waren in der Minderzahl und der Ausgang der Schlacht frühzeitig abzusehen. Dennoch gaben sie nicht auf, auch nicht, nachdem Apophis' Krieger das SternenTor unter ihre Kontrolle gebracht hatten und seine Flotte den Planeten so abriegelte, dass Heru'ur keinerlei Verstärkung mehr schicken konnte.

Die letzte Bastion der feindlichen Truppen war eine schwer befestigte Bergfestung, die sie mit heldenhafter Tapferkeit verteidigten. Todesgleiter flogen fast ununterbrochen Angriffe gegen die Wälle, und als der Widerstand immer noch nicht gebrochen werden konnte, erfolgte sogar eine Bombardierung mit schwersten Kalibern von Raumschiffen im Orbit aus, bis die Festung so sturmreif geschossen war, dass Bodentruppen in sie eindringen konnten.

Teal'c und Valar nahmen an diesem entscheidenden Einsatz teil, nachdem sie bereits in den Tagen zuvor in mehreren Schlachten gekämpft hatten.

Trotz des schweren Bombardements schlug ihnen noch heftiger Widerstand entgegen. Teal'c erlitt einen Streifschuss aus einer Strahlenlanze am linken Arm, dennoch kämpfte er verbissen weiter. Anfangs hatte er die Zahl der von ihm getöteten Krieger gezählt, doch schon zu Beginn des Kampfes um die Bergfestung hatte er jeden Überblick verloren.

Das Töten widerte ihn an, doch er kämpfte für die Macht seines Gottes Apophis.

Nicht ein einziger von Heru'urs Kriegern überlebte, weil sie sich bis zuletzt geweigert hatten, aufzugeben. Erst als auch der letzte Widerstand gebrochen war, sank Teal'c erschöpft zu Boden. Er hatte sich einen provisorischen Verband um den linken Arm angelegt, doch erst jetzt registrierte er, wie stark die Wunde schmerzte.

Er war halb besinnungslos, als ihn Valar und Bra'Tak, von denen er im Kampfgetümmel getrennt worden war, schließlich fanden, doch für ihn zählte nur der Ruhm, den er an diesem Tag auf sich geladen hatte. Bra'Taks anerkennendes Lächeln entschädigte ihn für alles andere.

Mehr als eine Woche musste er auf Chulak in einem Hospital verbringen und erfuhr zu seinem Schrecken, dass nicht viel gefehlt hatte, und man hätte ihm den Arm abnehmen müssen. Nur dem medizinischen Können von Bra'Taks persönlichem Leibarzt war es zu verdanken, dass er den Arm nach endgültiger Ausheilung der Verletzung wieder ohne Einschränkungen bewegen konnte.

Bevor es soweit kam, erwartete ihn jedoch eine Auszeichnung besonderer Art. Sein Arm war noch verbunden und steckte in einer Schlinge, als er aus dem Hospital entlassen wurde. Eine fünfköpfige Abordnung von Apophis' Ehrengarde erwartete ihn bereits. Die Jaffa schwiegen auf seine Fragen, teilten ihm lediglich mit, dass sie Befehl hatten, ihn abzuholen.

Erst als sie ihr Ziel fast erreicht hatten, erkannte Teal'c, dass es sich um Apophis' Palast handelte. Teal'c rechnete damit, dass man ihn zu Bra'Tak bringen würde, der als Primus häufig hier weilte. Man führte ihn in einen Raum, in dem bereits zwei andere junge Jaffa warteten, und kurz darauf wurden sie in eine gewaltige Halle gebracht, die mit schier unglaublichem Prunk eingerichtet war.

Auf einem gleichfalls riesigen Thron an der Stirnseite des Raumes saß Apophis persönlich und blickte ihnen entgegen. Vier leicht bekleidete junge Frauen standen um ihn herum, massierten und streichelten ihn und schmiegten sich an ihn. Gelangweilt blickte er den Ankömmlingen entgegen.

Teal'c schlug das Herz bis zum Hals. Sein Mund wurde trocken, und er hatte das Gefühl, seine Beine würden ihm den Dienst versagen. Auch die beiden Jaffa an seiner Seite waren stehen geblieben, offenbar genauso überwältigt wie er. Nur wenigen Jaffa war es vergönnt ihrem Herrscher und leibhaftigen Gott jemals so nahe zu sein.

Bra'Tak kam ihnen entgegen.

„Apophis hat von eurer Tapferkeit im Kampf erfahren", sagte er. „Er hat euch herbringen lassen, um euch persönlich sein Lob für eure Treue und euren Heldenmut auszusprechen. Kommt jetzt!" Teal'c hatte das Gefühl, wie auf einer dicken Schicht aus Watte zu gehen, als er seinem Lehrmeister zusammen mit den beiden anderen folgte. Wenige Schritte vor dem Thron blieben sie stehen und sanken demütig auf die Knie.

Apophis musterte sie einen nach dem anderen schweigend.

„Von allen Rekruten, die aufgrund ihrer Leistungen ihre Ausbildung vorzeitig beendet haben, habt ihr drei euch im Kampf um Nakor die höchsten Verdienste erworben", sagte er schließlich. Seine verzerrte Goa'uld-Stimme klang kühl und befehlsgewohnt. „Das gilt besonders für einen von euch, über den man mir berichtet hat, dass er allein mehr als hundert von Heru'urs Kriegern getötet hätte. Wer von euch ist Teal'c?"

„Ich habe Teal'c entdeckt und bilde ihn persönlich weiter aus", berichtete Bra'Tak und legte dem Jaffa die Hand auf die Schulter. „Ich bin davon überzeugt, dass er die besten Anlagen in sich trägt. Möglicherweise kann er sogar eines Tages meine Position als neuer Primus einnehmen."

Apophis bedeutete Teal'c aufzustehen.

„Das sind hohe Erwartungen, die du in einen so jungen Rekruten setzt", sagte er. „Gibt es in deiner Familie andere große Krieger, eine Abstammung, die solche Erwartungen rechtfertigt?"

„Er kommt..." setzte Bra'Tak zu einer Antwort an, doch Apophis schnitt ihm mit einer unwilligen Handbewegung das Wort ab.

„Ich will es aus seinem eigenen Mund hören."

Teal'c leckte sich über die trockenen Lippen. Er war so aufgeregt, dass er befürchtete, kein Wort herauszubringen. Bra'Taks Warnung, seine Abstammung gerade Apophis gegenüber geheim zu halten, fiel ihm ein, doch es war gerade die Erinnerung an seinen Vater, der selbst Primus eines Systemlords gewesen war, die ihm half, seine Unsicherheit zu überwinden. Er konnte und wollte seinen Gott nicht belügen, vor allem aber sah er keinen Grund, seinen Vater zu verleugnen, der ein bedeutender und tapferer Mann gewesen war.

„Mein Vater war Ronak, früherer Primus von Chronos“, sagte er mit fester Stimme. „Er fiel in Ungnade und wurde von Chronos getötet, weil er eine Schlacht verlor, die er unmöglich gewinnen konnte. Daraufhin flohen meine Mutter und ich nach Chulak, um uns Eurer Gnade anzuvertrauen und Euch zu dienen, Herr.“

„Ronak, der Versager und Verräter, ich erinnere mich“, sagte Apophis verächtlich. „Statt seine Pflicht zu tun und einen Befehl zu befolgen, ist er aus Feigheit vor dem Feind geflohen. Der Tod war eine mehr als gerechte Strafe für ihn.“

„Aber...“ Fassungslos starrte Teal'c den Goa'uld an. Eine Schlag ins Gesicht hätte ihn nicht härter treffen können. Warum nahm Apophis seinen Erzfeind Chronos in Schutz und rechtfertigte dessen Tat?

Apophis scheuchte die jungen Frauen an seiner Seite weg und beugte sich auf seinem Thron vor. Seine Augen glühten hell auf, während er Teal'c musterte.

„Bist du vielleicht anderer Ansicht?“, fragte er kalt.

Teal'c fühlte sich hin und her gerissen, gleichzeitig drohte die Angst sein Denken zu lähmen. Dennoch gewann sein Stolz allmählich die Oberhand über seine Furcht.

Nein! schien ihm eine Stimme von weither zuzurufen. *Du darfst dich nicht gegen deinen Gott auflehnen. Ein schreckliches Ende ist dir gewiss, wenn du dich gegen die Goa'uld stellst!*

Für einen kurzen Moment sah er sich in einer Art Kerkerzelle und ein Schmerz, wie er von einem Schmerzstock verursacht wurde, ließ ihn zusammenzucken, verebbte jedoch sofort wieder.

Teal'c biss die Zähne zusammen. Nein, was auch immer passieren sollte, er würde seinen Vater nicht verleugnen, nicht einmal Apophis gegenüber. Selbst die Folgen, die dies für ihn und seine Zukunft bedeuten mochte, waren ihm gleichgültig.

„Mein Vater war ein tapferer und kluger Mann", beharrte er. „Als er sah, dass er die Schlacht nicht gewinnen konnte, hatte er sich zurückgezogen und damit vielen seiner Krieger das Leben gerettet, die sonst mitsamt mehrerer Schlachtschiffe auch für Chronos verloren gewesen wären."

Mit vor Wut verzerrtem Gesicht sprang Apophis auf.

„Wie kannst du es wagen, deinem Gott zu widersprechen?", donnerte er und hob die rechte Hand. Eine Flut flirrenden goldenen Lichts brach aus dem Modul in seiner Handfläche hervor und hüllte Teal'c ein.

Stöhnend brach der Jaffa in die Knie. Sein Kopf schien im nächsten Moment vor Schmerz zerspringen zu wollen, und er hatte das Gefühl, als ob alle Kraft aus seinem Körper gesaugt würde.

„Bitte, Herr, verschont sein Leben", bat Bra'Tak. „Er ist noch jung und hat unbedacht gesprochen. Ich bürge dafür, dass so etwas nicht mehr vorkommen wird."

Nach einigen Sekunden senkte Apophis die Hand wieder, und der goldene Energiestrom brach ab.

„Wegen seiner Tapferkeit im Kampf will ich ihn verschonen", erklärte der Goa'uld, ließ sich auf seinen Thron zurücksinken und machte eine unwillige Geste. „Schafft ihn mir aus den Augen!"

3

Teal'c war so schwach, dass er nicht aus eigener Kraft gehen konnte. Bra'Tak und ein weiterer Jaffa mussten ihn hochheben und aus dem Saal tragen. Teal'c nahm es nur undeutlich wahr. Alles drehte sich in seinem Kopf.

Körperlich litt er unter der Wirkung des goldenen Handmoduls, mit dem Apophis ihn bestraft hatte, doch viel schlimmer litt er geistig darunter, dass es überhaupt dazu gekommen war. Als er vor Apophis getreten war, war es in der Erwartung geschehen, dass er für seine Tapferkeit im Kampf um Nakor ausgezeichnet werden würde. Wahrscheinlich wäre auch genau das geschehen, wenn er Apophis nicht erzürnt hätte.

Anscheinend war er geradewegs vom Regen in die Traufe geraten. Apophis und Chronos mochten seit ewigen Zeiten miteinander verfeindet sein, doch offenbar war deshalb dennoch keiner von ihnen besser als der andere.

Nein! ertönte wieder die lautlose Stimme in seinem Geist. *Rebellion bedeutet Qualen, Leid und Tod. Die Allmacht, Weisheit und Göttlichkeit der Goa'uld darf nicht ungestraft in Frage gestellt werden!*

Ein weiteres Mal sah er die Kerkerzelle. Er war darin angekettet und wurde von einem Goa'uld mit einem Schmerzstock traktiert. Ohne eine Vorstellung zu haben, woher dieses Wissen stammte, gab es für Teal'c keinen Zweifel, dass es genau dieses Schicksal war, das ihn erwartete, wenn er sein Vergehen nicht bereute.

Vergehen?

Er war sich keines Vergehens bewusst. Was hatte er schon getan? Er war stolz auf seinen Vater und darauf, wie weit dieser es gebracht hatte, ehe er durch den ungerechten Zorn von Chronos sein Leben verloren hatte.

Ein Goa'uld kann nicht ungerecht sein. Goa'uld sind Götter, für sie gelten solche Wertmaßstäbe nicht.

„Nein“, stöhnte er. Was war nur mit ihm los? Verlor er den Verstand? Woher stammte die Stimme in seinem Kopf? War es womöglich die Stimme von Apophis selbst? Reichte seine göttliche Macht so weit, dass er seine Gedanken zu lesen vermochte?

„Du Narr!“, riss Bra'Taks Stimme ihn aus seinen verworrenen Überlegungen. Teal'c und er waren allein in einem kleinen Zimmer. Teal'c hatte nicht einmal mitbekommen, dass man ihn auf eine Liege gebettet und der andere Jaffa den Raum verlassen hatte. „Du Dummkopf! Habe ich dich nicht ausdrücklich vor genau dieser Situation gewarnt?“ Zornbebend starrte Bra'Tak ihn an. Seine Augen schienen fast wie die eines Goa'uld zu glühen.

„Ich konnte... meinen Gott nicht belügen“, murmelte Teal'c mühsam.

„Deinen Gott?“ Bra'Tak schnaubte. „Apophis ist nicht...“ Er brach ab und wartete einen Moment, ehe er weitersprach. „Auch ein Gott braucht nicht alles zu wissen. Du hättest auf mich hören und deine Herkunft verschweigen sollen, dann wäre nichts passiert. Stattdessen hätte es dich fast das Leben gekostet, und es wird sehr schwer für dich werden, Apophis' Vertrauen zurückzugewinnen.“

„Ich verstehe das alles nicht“, presste Teal'c hervor. „Was habe ich denn getan? Warum hat er mich bestraft, wo ich doch nur seinen Feind Chronos angeklagt habe?“

„Weil du mehr als nur das getan hast, begreifst du das denn nicht? Die Goa'uld halten sich für Götter, und selbst wenn viele von ihnen untereinander befeindet sind, hat kein Jaffa das Recht, einen von ihnen zu kritisieren, weil damit die Göttlichkeit aller Goa'uld in Frage gestellt würde. Im Grunde sind sie alle gleich. Wenn du einen freundlichen, verständnisvollen Gott suchst, musst du ihn dir woanders als unter den Goa'uld suchen. Wahrscheinlich hätte Apophis an Stelle von Chronos deinen Vater ebenfalls hinrichten lassen, halt dir das immer vor Augen, wenn du wieder einmal das Verlangen verspürst, ihm deine Meinung zu sagen. Denk über ihn, was du willst, aber widersprich ihm niemals. Deine Gedanken sind alles, was an dir noch frei ist, wenn du unter der Knechtschaft eines Goa'uld lebst."

Das war eine ungewohnt lange und leidenschaftliche Rede für den sonst eher wortkargen Jaffa, doch ungleich bemerkenswert war das, was er gesagt hatte.

Frevel! gellte es in Teal'cs Kopf. *Hör ihm nicht länger zu. Es sind aufrührerische Reden, die dich ins Verderben führen werden, wenn du dich von ihnen anstecken lässt!*

Er war jedoch viel zu fasziniert von dem, was Bra'Tak gesagt hatte, als dass er weiter auf die Stimme achtete. Wie war es möglich, dass ausgerechnet der oberste Diener von Apophis solche ketzerischen Andeutungen machte?

„Meister, wenn ich Euch richtig verstehe, dann meint Ihr...", setzte er an, doch Bra'Tak schüttelte den Kopf und blickte ihn nur noch eindringlicher an.

„Ich habe nichts gesagt, hast du verstanden? Wenn du glaubst, etwas gehört zu haben, dann behalte die Worte in deinem Kopf und denke darüber nach oder vergiss sie wieder, es liegt an dir. Aber du hast sie nicht von mir gehört. Wir müssen uns mit den Goa'uld arrangieren und mit ihnen leben. Selbst wenn es dir nicht gefällt, dann lass es sie trotzdem niemals merken, wenn du Wert auf dein Leben legst."

„Ich habe für Apophis getötet und habe mein Leben für ihn riskiert."

„Und du hast deinen Lohn dafür von ihm erhalten. Lass es dir eine Lektion sein und vergiss sie niemals!"

DIE MINE

1

Je näher sie den Minen kamen, desto mehr verloren diese ihre Faszination. Sie waren nicht mehr länger nur gleißende Punkte im All, sondern waren nun deutlich als künstlich geschaffene Objekte zu erkennen; als Kriegswerkzeuge. Ihre Kernform war rund, doch besaßen sie zwei seitlich angebrachte Schilde und durchmaßen insgesamt etwa zwei bis drei Meter.

Als sie nur noch wenige hundert Meter vom äußeren Rand des Feldes entfernt waren, verlangsamte Jakob die Geschwindigkeit des Schiffes so weit, dass sie nur noch im Zeitlupentempo vorwärts zu kriechen schienen.

Er hatte ein Kopfhörer ähnliches Overhead-Display mit einem winzigen Bildschirm vor seinem rechten Auge aufgesetzt, das ihm helfen sollte, das Schiff präzise zu fliegen und sich gleichzeitig auf die Minen zu konzentrieren.

Abwechselnd blickte O'Neill aus dem Cockpitfenster und auf den Monitor in der Mitte der Steuerkonsole. Darauf waren das Schiff und die ihnen am nächsten befindlichen Minen stilisiert abgebildet. Eine von ihnen, die in gerader Linie vor dem Schiff trieb, leuchtete rot auf und begann zu blinken. Vorsichtig veränderte Jakob die Flugrichtung, um einer Kollision auszuweichen.

„Was würde eigentlich passieren, wenn wir mit einer der Minen zusammenstoßen?", erkundigte sich O'Neill.

„Können Sie sich das nicht denken? Ich will es mal so sagen, um unsere Rente bräuchte sich dann bestimmt keiner von uns mehr Sorgen zu machen."

„He, Moment mal, Sie haben doch behauptet, die Dinger werden nur ausgelöst, wenn in ihrer Nähe Goa'uld-Waffen abgefeuert werden!"

„Von *nur* habe ich nichts gesagt", korrigierte Jakob. „Eine Energiesignatur, wie sie eine Goa'uld-Waffe verursachen würde, wäre einer von mehreren Auslösern. Eine Aktivierung der auf der Oberfläche angebrachten Sensoren eine weitere, und dafür würde schon eine leichte Berührung reichen."

O'Neill schluckte beklommen. Da er nicht sicher war, ob Jakob sich mit Absicht mehrdeutig ausgedrückt oder er ihn nur einfach falsch verstanden hatte, zog er es vor, nicht weiter auf diesem Punkt herumzureiten.

„Ähm, wie schwierig ist es eigentlich, ein Schiff durch so ein Minenfeld zu steuern?", hakte er stattdessen nach.

Jakob machte eine bezeichnende Geste in Richtung der Frontscheibe.

„Sie sehen ja selbst, wie dicht die Minen dort draußen herumfliegen. Einige sind ein paar hundert Meter von der nächsten entfernt, andere nur ein paar Dutzend. In Anbetracht dessen würde ich sagen – schwierig."

„Oh, großartig. Ich liebe diese präzisen Auskünfte."

„Apophis und Heru'ur wollen sich inmitten des Feldes treffen, und sie dürften sicherlich mit weitaus größeren Schiffen als diesem Transporter kommen", fügte Jakob von dem Spott unbeeindruckt hinzu. „Im Vergleich zu ihnen haben wir es wesentlich leichter. Allerdings stellt sich uns dieses Problem zum Glück gar nicht erst. Schließlich müssen wir nicht einmal in das Feld hineinfliegen, jedenfalls nicht weit. Wir brauchen nur eine einzige Mine, am einfachsten eine, die möglichst isoliert von anderen treibt, damit unser Risiko minimiert wird, wenn wir sie an Bord nehmen."

Er tippte mit dem Finger auf eine Gruppe auf dem Hauptbildschirm abgebildeten Sprengkörper.

„Der Computer hat berechnet, dass diese von allen in unserer Nähe am besten geeignet sind. Um sie herum ist genug freier Raum, dass wir sie relativ gefahrlos ansteuern und an Bord holen können. Sam, kümmere dich schon mal um die Transportringe und sorg dafür, dass alles bereit ist."

So vorsichtig, als hätte er es mit einem rohen Ei zu tun, steuerte Jakob das Schiff weiter, wobei er immer wieder anderen Minen ausweichen musste, die ihre Flugbahn kreuzten und sie manchmal nur um wenige Meter verfehlten.

Ohne es zu merken, hatte O'Neill seine Hände vor Aufregung so fest um die Rücklehne des Pilotensitzes gekrampft, dass die Knöchel weiß hervortraten. Gebannt starrte er durch die Frontscheibe. Einigen der Minen konnten sie nur so knapp ausweichen, dass er mehr als einmal glaubte, sein letztes Stündlein hätte geschlagen.

Schließlich jedoch gelang es Jakob, das Schiff so dicht an die ausgewählte Mine heran zu manövrieren, dass es sich nur noch wenige Meter darüber befand. Die Computer halfen ihm, jede Bewegung des Sprengkörpers exakt nachzuvollziehen und stets denselben Abstand zu halten, doch mehrfach musste er auch manuell Korrekturen vornehmen.

„Wie sieht es aus, Sam?", fragte er. „Bereit?"

„Bereit", antwortete sie.

„Dann los. Schnappen wir uns unser Baby."

2

Genau wie Daniel nahm O'Neill einen Schritt hinter der in den Boden eingelassenen Transportvorrichtung Aufstellung.

„Seid vorsichtig und bleibt weit genug zurück", warnte Sam von ihrem Terminal dicht neben der Haupt-Steuerkonsole her. „Ist der Boden frei? Schließlich wollen wir nicht, dass die Mine hochgeht, nur weil sie mit einem auf dem Boden liegenden Buch in Berührung kommt."

„Ist frei", teilte Daniel mit.

„Also gut. Dann Daumen drücken und durch."

Sam aktivierte die Transportvorrichtung. Die Ringe kamen in die Höhe geschossen und wurden für knapp eine Sekunde vom grellen Licht des Transportstrahls erfüllt, dann verschwanden sie ebenso schnell wieder.

Zurück blieb in der Mitte des Frachtraums die Mine, die sofort von energetischen Fesselfeldern in ihrer Position etwa einen halben Meter über dem Boden gehalten wurde, damit sie keinerlei feste Materie berühren und dadurch aktiviert werden konnte.

„Haben wir sie?", fragte Jakob.

„So sicher wie in Abrahams Schoß", erklärte Daniel und nieste in sein Taschentuch.

„Sie können uns wieder aus dem Feld rausfliegen", ergänzte O'Neill.

„Kann ich leider nicht", widersprach Jakob. „Jede der Sonden hat ihre festgelegte Position. Wenn wir sie zu weit von dieser entfernen, würde der Zünder ebenfalls ausgelöst werden."

„Heißt das, wir stecken in dem Minenfeld fest, bis das Ding umprogrammiert ist? Dann, beeilen Sie sich Daniel."

Jackson hatte die Mine inzwischen ein paar Mal in gebührendem Abstand umrundet und sie dabei genau gemustert.

„Das gefällt mir gar nicht", murmelte er wie im Selbstgespräch vor sich hin, doch freilich konnte in dem engen Frachtraum jeder seine Worte verstehen.

„Was ist?", fragte Sam besorgt und trat näher.

„Was gefällt Ihnen nicht?", hakte O'Neill nach.

„Können Sie die Symbole nicht entziffern?", wollte Jakob wissen.

„Symbole? Genau das ist ja das Problem", antwortete Daniel. „Welche Symbole? Ich sehe nirgendwo welche."

3

„Verdammt, ich wusste doch gleich, dass das nicht funktionieren kann", fluchte O'Neill. „Also gut, das war's. Schmeißen wir das Ding wieder raus und verschwinden von hier."

„Nicht so voreilig, Jack", entgegnete Daniel. „Ich habe auch noch auf keiner amerikanischen Mine eine Gebrauchsanleitung gesehen, mal abgesehen davon, dass unsere Minen um einiges kleiner sind und nicht viel Platz zum Draufschreiben bieten."

„Ist ja schön, dass Sie Ihren Humor noch nicht verloren haben."

„Eigentlich ist mir gar nicht zum Lachen zumute. Aber ich möchte mich schon etwas genauer mit dem Ding beschäftigen, statt es nur einmal anzusehen und direkt die Flinte ins Korn zu werfen."

„Sie meinen wohl, die Mine ins All", ergänzte Sam.

„Oh, wunderbar, noch ein Scherzkeks.“ Verdrossen schüttelte O’Neill den Kopf. „Typisch Wissenschaftler. Wie schön könnte die Welt ohne sie sein.“

„Oh ja, wäre bestimmt lustig, wenn wir uns mit Faustkeilen statt mit Präzisionswaffen gegen die Goa’uld verteidigen müssten.“

Daniel und Sam begannen zu kichern und brachen gleich darauf in schallendes Gelächter aus, als sie O’Neills zorniges Gesicht sahen. Nach einigen Sekunden jedoch konnte auch er nicht mehr ernst bleiben und fiel darin ein. Auch wenn es zum Teil aus Angst, Nervosität und fast schon Hysterie geboren war, war es ein befreiendes Lachen, das ihnen half, etwas von der Anspannung abzubauen, unter der sie standen.

Der Einzige, der ernst blieb, war Jakob Carter.

„Mir scheint, ich bin schon zu lange von der Erde weg, denn ich kann beim besten Willen nicht erkennen, was daran so lustig sein soll, mit einem Sprengsatz an Bord, der ausreicht, dieses Schiff in seine Atome zu zerlegen, in einem Minenfeld herumzufliegen“, sagte er.

„Sie haben völlig Recht, daran ist absolut nichts lustig“, bekräftigte O’Neill. Er wischte sich eine Träne aus dem Augenwinkel und prustete gleich darauf erneut los, womit er die anderen prompt wieder ansteckte. Erst nach einigen Sekunden gelang es ihm, seine Fassung wiederzugewinnen.

„Also gut, wir haben die Mine hier“, stellte er fest, nachdem es ihm gelungen war, seinen Lachanfall endgültig zu unterdrücken. Ein wenig erschrocken erkannte er, wie gefährlich nahe sie sich am Rand einer echten Hysterie befunden hatten.

„Wie gehen wir nun weiter vor, wenn wir nicht wollen, dass alles umsonst gewesen ist?“

„Irgendwo muss es eine Art Klappe geben, hinter der sich der Kontrollmechanismus befindet“, teilte Jakob mit. „Vielleicht ist sie gut versteckt, aber es muss sie geben.“

Daniel kratzte sich am Kopf.

„Eigentlich kann sie nur an der einzigen Stelle sein, wo wir noch nicht nachgesehen haben, nämlich unten. Können Sie das Ding irgendwie drehen, damit wir besser herankommen, Jakob?“

„Leider nein. Dafür sind die Energiefelder nicht ausgelegt.“

„Na gut, dann muss es auch anders klappen.“

Er bückte sich, doch Sam hielt ihn zurück.

„Lassen Sie mich das lieber machen“, schlug sie vor. „Ich bin schlanker und komme leichter ran.“

Sie legte sich auf den Rücken und schob sich langsam unter die Bombe wie ein Mechaniker unter ein Auto. Auch O’Neill kniete sich nieder, um unter die Mine zu blicken, konnte aber nichts entdecken. Allerdings beunruhigte ihn der Anblick, wie nahe Sam der Oberfläche der Mine war, erheblich.

„Hier ist etwas“, berichtete sie. „Eine runde, etwa handgroße vorstehende Platte mit zwei sich kreuzenden Schlitzen darin.“

„Ich glaube, so ein Symbol habe ich schon mal gesehen.“ Daniel ergriff eines seiner Bücher und begann darin zu blättern.

„Was soll ich tun?“, fragte Sam.

„Ich glaube, du musst auf die Platte drücken“, erklärte Jakob. O’Neill runzelte die Stirn.

„Sie glauben es?“

„Nun ja, von dem letzten Tok’ra, der sich damit beschäftigt hat, haben wir nie wieder gehört.“ Sam zuckte so erschrocken zusammen, dass sie fast an die Mine gestoßen wäre, und Jakob fügte rasch hinzu: „War nur ein Scherz."

„Bitte, Dad, nicht jetzt", keuchte Sam. „Sag mir einfach jemand, was ich tun soll."

„Ich glaube, Jakob hat Recht", behauptete Daniel, während er einige Passagen des Buchs überflog.

„Noch jemand, der etwas nur glaubt", stöhnte Sam.

„Sekunde noch." Daniel blätterte einige Seiten weiter, dann nickte er. „Doch. Ich bin mir sicher, dass es stimmt. Ziemlich jedenfalls", ergänzte er nach kurzer Pause deutlich leiser.

Sam atmete tief durch, dann hob sie vorsichtig eine Hand und näherte sie der Platte.

„Halt, auf keinen Fall berühren!", schrie Daniel plötzlich, als ihre Fingerspitzen nur noch wenige Zentimeter von dem Metall entfernt waren.

Sam zog die Hand so heftig zurück, als hätte sie sich verbrannt.

„Was?", fragte sie mit zittriger Stimme voller Anspannung.

O'Neill verdrehte die Augen. Das war nichts für seine Nerven. Er war gewiss kein sonderlich ängstlicher Mensch und schon gar kein Feigling, aber er war nun einmal ein Mann der Tat und des Kampfes. Lieber hätte er es allein mit einer Übermacht feindlicher Jaffa aufgenommen, als so hilf- und tatenlos dabeistehen zu müssen, während Daniels Entscheidungen und Sams nächste Handgriffe möglicherweise den Tod für sie alle bedeuten würden. Wieder musste er an Kinder denken, die in einem Munitionsdepot mit Feuerwerkskörpern spielen.

„Diese Kerben, treffen sie sich genau in der Mitte des Kreises?", wollte Daniel wissen. „Oder weiter am Rand?"

„Genau in der Mitte“, teilte Sam mit. „Ist das gut oder schlecht?“

„Gut, das ist sogar sehr gut. Dann können Sie beruhigt auf die Platte drücken.“

„Sicher diesmal?“, vergewisserte sie sich.

Daniel gab keine Antwort.

Erneut holte Sam tief Luft, dann streckte sie ihre Hand aus und presste sie auf die runde Platte.

4

Kaum dass Sams Fingerspitzen das Metall der Platte berührten, klappte die stählerne Außenhülle in der unteren Hälfte der Mine mit einem leisen Summen in vier Segmenten sternförmig auseinander.

O'Neill atmete erleichtert auf. Obwohl er wusste, dass im Falle eines Falles alles so schnell ginge, dass er nichts mehr davon merken würde, hatte er in Erwartung einer Explosion instinktiv seinen ganzen Körper angespannt, als ob er der Katastrophe auf diese Art trotzen könnte.

„Was sehen Sie?“, fragte Daniel gespannt.

„Das ist schwer zu beschreiben“, antwortete Sam. „Könnte der Kontrollmechanismus sein, aber vielleicht ist es auch nur ein weiteres Schloss. Ich bin mir nicht sicher. Das ist Ihr Gebiet, sehen Sie es sich besser selbst an.“

Auch Daniel legte sich auf den Rücken und schob sich in rechtem Winkel zu Sam unter die Bombe, bis sich ihre Köpfe auf gleicher Höhe befanden und auch er in die Öffnung blicken konnte.

Sie wurde zum größten Teil von einer Art sechsarmigem Stern ausgefüllt. Im Zentrum des Sterns saß ein Zeiger mit zwei kleinen Bildschirmen, auf denen phönizische Schriftzeichen zu sehen waren, die ständig wechselten. Auch auf jedem Arm des Sterns gab es kleine Monitore.

„Was bedeuten die Symbole?“, wollte Sam wissen.

„Sie zeigen die verschiedenen Frequenzen an, auf die die Mine reagiert“, teilte Daniel mit, nachdem er sich einen Überblick verschafft hatte. „Wir müssen sie erst deaktivieren und alle Daten löschen, dann können wir sie nach unseren Vorstellungen neu programmieren.“

Er tippte auf den Monitor des Sternzackens, auf den der Zeiger deutete. Blaue Lämpchen begannen auf allen Zacken zu leuchten.

„Diese Lichter…“

„Sie zeigen an, wie oft wir den Zeiger drehen müssen“, erklärte Daniel. „Ist ein bisschen wie bei einem Safe. Blau steht für drei, das geht aus den Aufzeichnungen hervor, die wir von den Tok’ra bekommen haben.“ Er streckte einen Arm aus und bewegte den Mittelzeiger im Uhrzeigersinn, bis dieser am Ansatz des nächsten Arms einrastete. Die Lämpchen wechselten von blau nach orange. Daniel drehte den Balken noch zwei Stellungen weiter.

„So, das war die erste Ziffer. Orange bedeutet fünf.“

Wieder drehte er den Balken, diesmal in der entgegengesetzten Richtung. Die Lämpchen begannen erneut blau zu leuchten.

„Das müsste es für den ersten Code gewesen sein“, sagte er, nachdem er den Zeiger erst fünf Stellungen weit in der einen und wiederum drei in die andere Richtung gedreht hatte und die Lämpchen erloschen. Damit haben wir eine der Sperren ausgeschaltet. Wir…“

Er unterbrach sich, als die Bildschirme auf allen Zacken plötzlich grün zu blinken begannen.

„Was hat das zu bedeuten?“, fragte Sam. „Grün ist doch hoffentlich gut, oder?“

„Nein, nein, das ist ganz und gar nicht gut. Das ist sogar äußerst schlimm.“ Hektisch beugte sich Daniel ein Stück zur Seite, ergriff einen Block mit seinen Aufzeichnungen und begann darin zu blättern.

„Was soll das heißen?“, fragte O’Neill. Er hatte sich neben der Mine hingekniet.

„Der Code wird von der Mine nicht angenommen. Er hat eine Fehlermeldung verursacht, dabei bin ich sicher, dass ich die Kombination richtig eingegeben habe. Sie wird explodieren, wenn wir nicht innerhalb von fünf Minuten den richtigen Code eingeben.“

O’Neill schnitt eine Grimasse.

„Das hört sich wirklich nicht gut an. Okay, das war’s dann, Sie hatten Ihre Chance. Jetzt bleibt uns wohl nur noch eins. Raus mit dem Ding und dann nichts wie weg hier.“

„Das ist ebenfalls unmöglich“, widersprach Daniel mit sich überschlagender Stimme. „Wenn der Countdown aktiviert wurde, reagiert die Mine noch sensibler als sonst. Bei einem Versuch, sie in diesem Zustand mit dem Ringtransporter wieder ins All zu versetzen, würde sie unweigerlich explodieren.“

„Dann ... dann tun Sie schon etwas! Deaktivieren Sie sie oder geben Sie den richtigen Code ein oder sonst was!“

„Und woher soll ich den nehmen? Ich tue ja schon, was ich kann.“

„Das ist ...“ Wütend hämmerte O’Neill mit der Faust auf den Boden. „Phantastisch, wirklich, eine reife Leistung! Zum Teufel, warum habe ich Idiot mich bloß auf dieses verrückte Unternehmen eingelassen?“

SHAN'AUC

1

„... es dir eine Lektion sein und vergiss sie niemals!", hörte Teal'c noch Bra'Taks Stimme, doch gleichzeitig begann alles um ihn herum zu verschwimmen und eine neue Realität formte sich, die Kerkerzelle, die er in seiner Vision einer höllischen Verdammnis gesehen hatte. Für einige Sekunden war er völlig desorientiert, dann erst wurde ihm bewusst, was Traum und was Wirklichkeit war, und dass die Wahrheit weitaus schrecklicher als jeder Albtraum war.

Was er in der Vision noch einmal durchlebt hatte, entsprach exakt dem, was sich vor vielen Jahren wirklich zugetragen hatte. Der einzige Unterschied war die Stimme in seinem Kopf, die er damals freilich nicht gehört hatte. Es war sein durch die Droge stimuliertes Unterbewusstsein, das wusste, dass ihn seine Auflehnung gegen die Goa'uld in diese Situation bringen würde und ihn davon abzuhalten versuchte.

Zumindest bislang jedoch war es ihm gelungen, dieser Stimme des Teils von ihm, der feige war, der Schmerzen fürchtete und leben wollte, zu widerstehen und sich selbst treu zu bleiben. Teal'c hoffte, dass dies auch weiterhin so sein würde, wenn er durch die Folter immer schwächer wurde und damit auch sein Widerstand gegen die verlockenden Einflüsterungen sinken würde.

„Du siehst schlimm aus“, sagte Rak’nor. Teal’c meinte, in seiner Stimme und seinem Blick Mitgefühl zu entdecken.

„So fühle ich mich auch.“ Er versuchte mit einer Hand sein von Teroks Schlägen verquollenes Gesicht zu betasten, doch dazu waren die Ketten zu kurz. Vor allem seine Nase schmerzte, und er konnte spüren, dass der Knochen gebrochen war.

Und noch etwas wurde ihm bewusst, wenn auch erst nach mehreren Sekunden. Der Boden unter ihm zitterte fast unmerklich, aber auf eine Art, die ihm nur zu vertraut war. Bislang hatte er geglaubt, dass er sich noch auf Chulak befinden würde, in den Kerkerräumen von Apophis’ früherem Palast. Stattdessen jedoch befand er sich an Bord eines Raumschiffs, das durch den Hyperraum flog.

Damit sanken seine ohnehin nur minimalen Chancen auf eine Befreiung noch zusätzlich. Wahrscheinlich befand sich das Schiff auf direktem Weg zu Heru’ur, falls dieser sich nicht sogar an Bord befand.

„Hier, trink“, sagte Rak’nor und hielt ihm einen Becher entgegen, doch Teal’c wandte demonstrativ das Gesicht ab.

„Es ist nur Wasser, also trink schon“, drängte der junge Jaffa. „Du musst durstig sein.“

Teal’c ignorierte ihn auch weiterhin, obwohl er nahezu alles für einen einzigen Schluck gegeben hätte. Aber er wollte sich diese Blöße nicht geben, wollte keine Schwäche zeigen.

„Was soll das?“, rief Rak’nor zornig. „Es ist kein Zeichen von Schwäche, seinen Durst zu stillen. Ist das nur Trotz oder willst du nicht trinken, um früher sterben zu können? Es wird dir nichts nutzen, glaube mir, denn Heru’ur hat einen Sarkophag an Bord, mit dem er dich jederzeit wieder zum Leben erwecken kann. Deine Qualen werden endlos weitergehen."

Erst jetzt bemerkte er, dass Teal'c direkt zu dem Aufzeichnungsgerät hinübersah.

„Im Augenblick wird nicht aufgezeichnet", behauptete er. „Du warst fast zwei Stunden ohne Bewusstsein, und Terok hat die Anordnung gegeben, das Gerät erst wieder einzuschalten, wenn du aufwachst."

„Warum ... schaltest du es ... dann nicht ein?", krächzte Teal'c. „Ich glaube ... dir nicht."

„Du bist ein Frevler wider die Götter und hast viele tapfere Jaffa auf dem Gewissen. Dafür hast du Strafe verdient. Aber ich finde es abstoßend, jemanden leiden zu lassen, wie Terok es zu seinem persönlichen Vergnügen mit dir tut. Aber wenn du kein Wasser willst – dann eben nicht." Wütend kippte Rak'nor den Becher aus. „Und du glaubst mir nicht, dass das Gerät wirklich ausgeschaltet ist? Ich werde es dir zeigen."

Er ging zu der kugelförmigen Kamera hinüber und drückte einen Knopf. Ein violettes Lämpchen an der Oberseite begann zu leuchten.

„So, jetzt zeichnet es wieder auf, und es dürfte nicht lange dauern, bis Terok hier auftaucht. Aber du wolltest es ja nicht anders."

„Ich ... fürchte mich nicht ... vor ihm."

„Das solltest du aber! Dir ist doch wohl klar, dass er nicht eher aufhören wird, dich zu quälen, bis er bekommen hat, was er will. Warum gibst du nicht einfach deinen Irrtum zu? Du siehst doch, wohin er dich geführt hat. Das beweist, dass es ein falscher Weg war."

„Nur weil ich ... in die Hände des Feindes gefallen bin, heißt das ... noch nicht, dass ich für eine ... falsche Sache kämpfe." Allmählich fiel Teal'c das Sprechen wieder etwas leichter. „Lieber sterbe ich, als meine Überzeugungen zu verleugnen." Er musste daran denken, wie er als junger Mann bei seiner ersten Begegnung mit Apophis ähnlich gedacht hatte. Damals hätte es ihn leicht seine weitere Karriere oder gar das Leben kosten können. Dennoch war er froh, sich damals dafür entschieden zu haben, die Ehre seines Vaters zu verteidigen. Wenn überhaupt jemals wieder, hätte er sich sonst zumindest lange Zeit nicht mehr selbst achten und im Spiegel ansehen können.

„Selbst der Tod wäre kein Ausweg für dich", erinnerte Rak'nor. „Terok könnte dich beliebig oft zu Tode foltern und mit dem Sarkophag immer wieder neu zum Leben erwecken." Er packte Teal'c an den Schultern. „Sokar hat in zahlreichen Kulturen, in deren Mythen er als Satan einging, die Legende vom Fegefeuer hinterlassen; einem Ort unermesslicher ewiger Qualen, womit er Ne'thu, den Mond seines Heimatplaneten meinte. Sokar und auch Ne'thu existieren nicht mehr, aber dies hier ist *dein* Fegefeuer. Deine Leiden werden unvorstellbar sein und niemals enden, wenn du nicht zur Vernunft kommst."

Die Tür des Kerkers wurde geöffnet. Zusammen mit seiner Jaffa-Wache trat Terok ein und kam mit raschen Schritten näher.

„Weg von ihm!", herrschte er Rak'nor an, packte ihn und schleuderte ihn so grob zur Seite, dass der Jaffa das Gleichgewicht verlor und zu Boden stürzte. „Aufgrund deiner Verdienste bei seiner Ergreifung hat Heru'ur dir die Aufgabe übertragen, den Gefangenen zu bewachen, aber es ist dir untersagt, mit ihm zu sprechen."

Rak'nor rappelte sich wieder auf und wich ängstlich noch ein paar Schritte von dem Goa'uld zurück.

„Und was dich betrifft, Sho'va", wandte sich Terok an Teal'c, „so ist Rak'nor zwar nicht befugt, mit dir über deine Läuterung zu sprechen, doch was er dir erzählt hat, entspricht der Wahrheit. Ich habe alle Zeit der Welt, um deinen Willen zu brechen. Dies ist das Fegefeuer, aber gegen das, was dich hier noch erwartet, hätte sich Sokars Hölle wie ein geradezu paradiesischer Ort ausgenommen."

„Du kannst mich foltern, aber du wirst mich niemals dazu bringen, dass ich meine Überzeugungen verleugne!", presste Teal'c hervor. „Selbst wenn du mich bis dahin tausend Mal tötest, der Tag wird kommen, an dem die Jaffa das Joch der Goa'uld abschütteln und ein freies Volk sein werden. Wenn ich diesen Tag noch erleben darf, haben sich alle Schmerzen, die du mir zufügen kannst, gelohnt!"

„Niemals!", zischte Terok. „Die Goa'uld sind Götter! Ihre Macht wird niemals vergehen!"

„Du hast Angst!", schleuderte Teal'c ihm entgegen. Der Gedanke, dass seine Worte überall auf Chulak und vielleicht noch auf anderen Planeten zu hören waren, verlieh ihm Kraft. „Deine Stimme bebt vor Angst, weil du weißt, dass ich die Wahrheit sage. Die Goa'uld sind keine Götter, sondern nur..."

„Schweig!", brüllte Terok außer sich. Rasend vor Zorn richtete er sein Handmodul auf Teal'c und aktivierte es. Die goldenen Energien schienen sich wie ein glühender Pfeil in Teal'cs Kopf zu bohren und ihm seine Lebensenergie zu entreißen. Es waren andere Schmerzen, als sie ein Schmerzstock verursachte, aber auf ihre Art beinahe ebenso schlimm. Nach Sekunden, die Teal'c wie eine Ewigkeit vorkamen, erlosch das Handmodul wieder.

„Noch ein oder zwei Sekunden länger und du wärst tot", sagte Terok. „Warum nur betest du nicht zu den

Goa'uld? Willst du denn nicht gerettet werden? Es ist noch nicht zu spät. Warum wohl ist es so wichtig für mich, dass du deinen Irrtum einsiehst? Nicht weil ich einen Auftrag habe." Er packte Teal'c an der Gurgel. „Weil es die *Wahrheit* ist. Die Goa'uld sind Götter, und wer dies leugnet, der ist nicht nur ein Verräter, sondern er ist auch verdammt. Darum sag, was gesagt werden muss und überantworte deine Seele den Göttern. Nur sie können sie von deinen Sünden reinigen und vor der ewigen Verdammnis bewahren."

Nur mühsam gelang es Teal'c, den Mund zu öffnen und Worte zu formen. Erwartungsvoll beugte sich Terok zu ihm vor.

„Geh... zur Hölle!"

Terok brüllte erneut vor Zorn und Enttäuschung auf, dann hob er den Schmerzstock an der Spitze hoch über seinen Kopf und ließ ihn niedersausen; zertrümmerte mit einem einzigen wuchtigen Schlag mit dem stählernen Griff Teal'cs linkes Schienbein.

Teal'c warf den Kopf in den Nacken zurück und heulte. Grell lodernde Schmerzen explodierten in seinem Knie, heiß wie das Feuer in einem Hochofen.

Wieder verlor er das Bewusstsein.

2

In Gedanken versunken saß Teal'c auf den Stufen vor dem Eingang seines Hauses. Bis vor einem Jahr hatte es einem anderen hochrangigen Jaffa gehört, doch nachdem dieser in einem Kampf gefallen war, hatte Teal'c es auf Fürsprache Bra'Taks von Apophis als Lohn für seine treuen Dienste erhalten.

Treue Dienste!

Genau darum kreisten auch seine Gedanken. Seit mehr als zehn Jahren kämpfte er jetzt in Apophis' Armee und hatte es bereits in eine für seine Alter außergewöhnlich hohe Position gebracht, was nicht nur zum Teil daran lag, dass Bra'Tak ihn nach Kräften gefördert hatte. Ohne seine Tapferkeit und seinen Mut in zahllosen Schlachten hätte auch sein ehemaliger Lehrmeister nicht viel für ihn tun können, hätte sich wahrscheinlich sogar von ihm abgewandt, wenn Teal'c seine Erwartungen nicht erfüllt hätte.

Mehrere Male war er mittlerweile erneut mit Apophis zusammengetroffen und war zweimal sogar von ihm persönlich ausgezeichnet worden. Anscheinend hatte der Goa'uld ihm seine Widerspenstigkeit bei ihrer ersten Begegnung inzwischen verziehen. Vielleicht erinnerte er sich auch schon gar nicht mehr daran.

Soweit es seine militärische Karriere betraf, lief alles besser, als er es sich jemals vorgestellt hatte. Kaum jemand zweifelte noch daran, dass er irgendwann Bra'Taks Nachfolge als Primus antreten würde, wenn dieser zu alt für seinen Posten geworden war. Vielleicht in fünf Jahren, vielleicht sogar schon eher. Bra'Tak war bereits mehr als hundert Jahre alt, auch wenn man es ihm nicht ansah, weil er wie jeder Jaffa aufgrund seines Symbionten eine weitaus höhere Lebenserwartung besaß als jeder normal Sterbliche.

Wenn es irgendetwas gab, das Teal'c bedauerte, dann nur die Tatsache, dass es schon seit Jahren keine Kampfhandlungen zwischen Apophis und Chronos mehr gegeben hatte. Es herrschte kein Frieden zwischen ihnen, sondern lediglich eine Waffenruhe, da für beide in letzter Zeit andere Kriege im Vordergrund gestanden hatten.

Aber auch das konnte sich schnell wieder ändern, und irgendwann würde er die Gelegenheit bekommen, den Tod seines Vaters zu rächen. Goa'uld waren dafür bekannt, dass selbst offizielle Bündnisse und Abkommen für sie nur so lange Gültigkeit besaßen, wie sie sich einen Vorteil davon versprachen. Sobald sich das änderte, würde keiner von ihnen zögern, jeden Verbündeten zu verraten.

„Vertraue niemals auf ein Wort, das dir ein Goa'uld gibt, denn es ist nicht mehr wert als ihre angebliche Göttlichkeit."

Diese Worte hatte Teal'c erst vor wenigen Tagen von Bra'Tak gehört. Eine der vielen fast beiläufigen Äußerungen seines früheren Lehrmeisters, über die dieser sich nie auf eine Diskussion einließ. Seit sie sich kannten, hatte er immer wieder entsprechende Bemerkungen über die Goa'uld und speziell über Apophis gemacht. Bemerkungen, die trotz seines hohen Ranges wahrscheinlich zu seiner sofortigen Exekution geführt hätten, wenn er sie in der Öffentlichkeit geäußert hätte.

Und das zu Recht, denn es ist Blasphemie und Hochverrat. Du musst Bra'Taks verräterische Ansichten melden, damit er unschädlich gemacht werden kann, vernahm Teal'c wieder die ihm mittlerweile fast schon vertraute Stimme in seinem Kopf, die wie ein zweites Gewissen immer dann erklang, wenn er an der Göttlichkeit der Goa'uld zu zweifeln begann.

In letzter Zeit vernahm er sie wieder sehr oft. Bra'Taks Äußerungen waren wie beständig fallende Tropfen, die im Laufe der Zeit auch einen noch so harten Stein aushöhlen konnten.

Allerdings betrachtete sich Teal'c in dieser Hinsicht noch nicht einmal als besonders harten Fels. Es ging ihm gut; er hatte eine steile Karriere hinter und eine glänzende Zukunft vor sich.

Und er war verliebt.

Es lag mittlerweile rund ein halbes Jahr zurück, dass er Shan'Auc von den roten Hügeln kennen gelernt und sich in sie verliebt hatte, ein Gefühl, dass von ihr erwidert wurde. Ihr Vater war ein hoher Tempeldiener von Apophis und über ihre Verbindung mit einem aus dem Nichts aufgestiegenen Krieger nicht besonders glücklich, wie er oft genug erwähnt hatte. Teal'c war es jedoch egal. Er besaß selbst inzwischen einen so hohen Rang, dass auch Shan'Aucs Vater nicht mehr in der Lage war, ihm Schwierigkeiten zu bereiten. In letzter Zeit dachte er sogar immer häufiger darüber nach, sie zur Frau zu nehmen und eine Familie zu gründen, wie Valar es bereits vor zwei Jahren getan hatte und mittlerweile stolzer Vater eines Jungen namens Rak'nor war.

Alles in allem konnte Teal'c mit seinem Schicksal recht zufrieden sein. Angesichts all dessen, was er bereits erreicht hatte und noch zu erreichen plante, *wollte* er gar nicht über die Goa'uld nachdenken, nicht darüber, wer sie wirklich waren oder ob sie das Recht hatten, das zu tun, was sie taten, und auch nicht darüber, wie sein Verhältnis zu ihnen war. Er diente Apophis, und solange er seine Pflicht erledigte und keine Fehler beging, würde es ihm auch weiterhin gut gehen. So einfach war die Sache.

Wenigstens sollte sie es sein, aber so war es in letzter Zeit bei weitem nicht immer. Bra'Taks Worte hatten Selbstzweifel in ihm ausgelöst, die ihn immer stärker quälten, so sehr er sie auch zu verdrängen versuchte. Selbst wenn er es nicht wahrhaben wollte, so war ihm längst bewusst geworden, welche Ungerechtigkeiten Apophis und die anderen Goa'uld begingen, indem sie sein Volk knechteten und wie grausame Despoten tyrannisierten. Auch war er auf vieles, was er im Namen von Apophis selbst getan hatte, alles andere als stolz, waren es doch manchmal regelrechte Gräueltaten gewesen, die gegen seine Überzeugungen verstießen und sein Gewissen belasteten.

Aber deine Meinung ist unbedeutend gegenüber dem Willen deines Gottes! Deine Aufgabe ist es zu dienen und Befehle auszuführen.

Doch war Apophis wirklich ein Gott?

Waren die Goa'uld allgemein überhaupt Götter? Längst schon war er sich dessen nicht mehr sicher.

Zweifle nicht! Diene und gehorche! Ungehorsam und frevlerische Gedanken werden dich zu Grunde richten. Du wirst schrecklich dafür bestraft werden. Deine Seele wird befleckt sein und auch nach deinem Tod niemals Frieden finden.

Teal'c wünschte, er hätte mit anderen über seine Zweifel sprechen und ihren Rat einholen können. Der Einzige jedoch, bei dem er nicht fürchten musste, wegen seiner ketzerischen Gedanken verraten zu werden, war Valar, dem es selbst ähnlich erging. Auch bei ihm hatte die Ausbildung durch Bra'Tak entsprechende Spuren hinterlassen. Vielleicht sogar noch tiefere, denn Valar sprach oft und gerne über dieses Thema und hatte einmal sogar ganz offen gesagt, dass er die Goa'uld hasste und ihre Tyrannei verabscheute.

Mehrfach hatte Teal'c ihn bereits ermahnt, vorsichtiger mit solchen Äußerungen zu sein, selbst wenn sie unter sich waren. Immerhin trug er nicht mehr nur die Verantwortung für sein Leben, sondern auch für das seiner Familie. Dennoch hätte Teal'c ihn in letzter Zeit gerne auf Chulak gehabt, um mit ihm über dieses Thema sprechen zu können.

Doch Valar war schon seit Monaten fort, hatte das Kommando über einen Teil von Apophis' Streitkämpfe übertragen bekommen, die auf irgendwelchen unbedeutenden Randplaneten Krieg gegen die Armee von Ra führten.

Nicht einmal Shan'Auc vertraute er in dieser Hinsicht, jedenfalls jetzt noch nicht. Da sie aus einer sehr religiösen Familie stammte, würde er sie damit bestimmt vor den Kopf stoßen und sie möglicherweise sogar verlieren. Später, wenn sie erst einmal verheiratet waren, konnte er versuchen, ihr seine Zweifel nach und nach behutsam näher zu bringen, so wie Bra'Tak es bei ihm getan hatte.

Teal'c wurde aus seinen Gedanken gerissen, als er Shan'Auc endlich erblickte. Sie hatte ihr Kleid mit den Händen gerafft und kam die Straße entlang gelaufen. Staub wirbelte unter ihren Füßen auf, und ihre langen Haare flatterten wie eine schwarze Fahne an ihrem Kopf. Sie schien außer sich zu sein; auf den ersten Blick war zu erkennen, dass etwas Schreckliches passiert sein musste.

3

Teal'c sprang auf und nahm Shan'Auc in seine Arme, als sie ihn erreichte. Schluchzend warf sie sich an seine Brust. Tränen rannen ihr über die Wangen.

„Was ist passiert?“, fragte er, drückte sie an sich und strich ihr beruhigend mit einer Hand über den Kopf. Sie bebte am ganzen Körper. „Sag schon, warum weinst du?“

„Mein … Vater!“, stieß sie mit Tränen erstickter Stimme und nach Atem ringend hervor.

„Was ist mit ihm? Ist ihm etwas zugestoßen?“ Trotz seines Mitleids für Shan'Auc hätte ihn dies nicht sonderlich betrübt, es wäre ihm sogar ganz gelegen gekommen.

„Nein.“ Sie schüttelte wild den Kopf. „Du weißt, dass er … es nicht gerne sieht, wenn ich … mich mit dir treffe. Und er würde alles tun, um zu verhindern, dass … ich deine Frau werde.“

„Das ist mir bewusst“, sagte Teal'c. Beklommenheit drohte ihm die Kehle zuzuschnüren. „Aber er kann nichts tun, um das verhindern. Ich besitze deutlich mehr Macht und Ansehen als er. Er kann sich nicht zwischen uns drängen.“

„So begreif doch!“, rief Shan'Auc verzweifelt. Erneut wurde ihr Körper von einem Schluchzen geschüttelt. „Er … er hat einen Weg gefunden uns zu trennen, gegen den wir machtlos sind, gegen den dir auch all dein Einfluss nichts nutzt. Ich hätte nicht gedacht, dass er so weit gehen würde, aber er hat es getan, weil er erkannt hat, dass es die einzige Möglichkeit ist, wie er uns auseinander bringen kann.“

„Nein, nichts wird uns …“

„Er hat mich im Tempel angemeldet, damit ich dort zur Priesterin von Apophis ausgebildet werde!“, schrie sie. „Begreifst du jetzt? Ist dir klar, was das bedeutet?“

Entsetzt starrte Teal'c sie an. Die unsichtbare Hand, die sich um sein Herz gekrampft zu haben schien, presste es erneut zusammen, stärker noch als zuvor.

Eine Tempelpriesterin …

Die Ausbildung dauerte viele Jahre, und während dieser Zeit durfte eine Frau, die diesen Weg ging, den Tempel nicht verlassen. Und wenn ihre Ausbildung erst einmal abgeschlossen war, war sie unberührbar geworden und erst recht für jeden Mann tabu.

„Das... das ist...", stammelte er hilflos, wie noch niemand es bei einem nach außen stets stark und selbstbewusst auftretenden Mann wie ihm erlebt hatte. Jetzt jedoch musste auch er dagegen ankämpfen, dass ihm Tränen in die Augen traten. Zu groß war der Schmerz über das, was er gerade gehört hatte. Der Gedanke, Shan'Auc zu verlieren, war schier unerträglich. „Was ist, wenn du dich einfach weigerst?"

„Wie soll ich das tun? Soll ich sagen, dass ich unserem Gott Apophis nicht dienen möchte?", erwiderte sie verzweifelt. „Dass ich die Ehre von mir weise, seine Priesterin zu werden, worum mich tausende andere beneiden? Man würde es als Frevel auslegen und mich zur Strafe töten, und nicht einmal du könntest mich davor retten."

„Ich werde mit Bra'Tak sprechen, und wenn es nicht anders geht, werde ich Apophis selbst um eine Audienz ersuchen. Als seinen zukünftigen Primus wird er mich erhören. Er muss einsehen, dass..."

„Wie sollte ein Gott Verständnis dafür haben, dass meine Liebe zu einem sterblichen Jaffa größer ist als die zu ihm?", fiel ihm Shan'Auc ins Wort. „Nein, das darfst du nicht tun. Du würdest Unglück und Verderben über uns beide bringen."

„Dann..." Teal'c zögerte. Es fiel ihm unglaublich schwer, die Worte auszusprechen, die sich in seinen Kopf drängten. „Dann lass uns fliehen. Wir werden weg von hier gehen, irgendwo hin, wo uns niemand kennt, wo wir gemeinsam ein neues Leben anfangen können."

Shan'Auc blickte ihn mit großen Augen an.

„Das kannst du nicht wirklich meinen!“

„Niemals war mir etwas so ernst wie dies.“ Er war sich bewusst, dass ein solcher Schritt bedeutete, alles aufzugeben, was er bislang erreicht hatte und noch erreichen wollte, aber es war ihm gleichgültig. Seine Liebe zu Shan’Auc bedeutete ihm mehr als alles andere.

„Wir können nicht vor einem Gott davonlaufen“, widersprach sie heftig. „Apophis’ Macht ist unbegrenzt, er würde uns überall finden. Auch keiner der anderen Goa’uld würde uns nach einem solchen Vergehen Schutz gewähren. Wir würden ein Leben als Ausgestoßene und Gejagte führen, und irgendwann würde man uns doch aufspüren.“ Wieder schüttelte sie den Kopf. „Ich … ich könnte so nicht leben. Lieber würde ich sterben. Nein, sei unbesorgt, ich werde mir nicht das Leben nehmen“, fügte sie rasch hinzu. „Ich wünsche mir nichts sehnlicher, als mit dir zusammen zu leben, Liebster, aber so schrecklich wäre ein Leben als Priesterin auch wieder nicht, dass ich deshalb einen solchen Schritt unternehmen würde.“

„Also verliere ich auch dich an die Goa’uld“, stellte Teal’c verbittert fest. „Mein Vater wurde von Chronos getötet, und meine Mutter starb, weil wir anschließend in einem Elendsquartier dahinvegetieren mussten. Und nun nimmt Apophis mir auch noch dich. Ich hasse die Goa’uld!“

Nein, so darfst du nicht denken! Versündige dich nicht gegen die Götter! Sei glücklich darüber, dass Shan’Auc Apophis in dieser Form dienen darf, es ist eine hohe Auszeichnung! Du stürzt dich ins Unglück!

Er meinte das verzerrte Gesicht eines Goa’uld vor sich zu sehen, der ihn mit einem Schmerzstock quälte. Er zuckte zusammen, als ob er den Schmerz tatsächlich spüre.

„Was redest du? So darfst du nicht sprechen“, beschwor ihn auch Shan’Auc selbst erschrocken. „So darfst du nicht einmal denken. Apophis ist dein Gott! Unser Gott! Wie kannst du dich nur so gegen ihn vergehen?“

Am liebsten hätte sich Teal’c selbst die Zunge für seine unüberlegten Worte abgebissen, doch sie waren ihm impulsiv herausgerutscht, ehe er sie zurückhalten konnte. Natürlich musste eine solche Äußerung Shan’Auc schockieren. Unwillkürlich war sie ein wenig von ihm abgerückt, und er spürte, wie sich eine Kluft zwischen ihnen geöffnet hatte.

„Es tut mir Leid“, murmelte er. „So habe ich es nicht gemeint. Aber ich will dich nicht verlieren! Ich weigere mich, diese heimtückische Intrige deines Vaters so einfach hinzunehmen.“

„Auch wenn er natürlich das Ziel verfolgt, uns dadurch auseinander zu bringen, ist er nicht heimtückisch und will mir nicht schaden. Er glaubt, dass es das Beste für mich ist“, widersprach Shan’Auc, und Teal’c merkte, wie die Kluft zwischen ihnen noch größer wurde. „Schon als Kind habe ich mir gewünscht, Priesterin zu werden. Erst als ich dich kennen lernte, habe ich dieses Ziel aufgegeben, und nun glaubt mein Vater, dass er mich vor einem schweren Fehler bewahren muss. Immerhin ist er doch mein Vater, und ich liebe auch ihn.“

„Sicher.“ Teal’c zuckte die Achseln. Alles, was er sagte, schien falsch zu sein. Shan’Auc war voller Verzweiflung zu ihm gekommen, aber er begriff, dass sie ihre Entscheidung schon vorher getroffen und sich in ihr Schicksal gefügt hatte. Was immer er auch tat oder sagte, es würde nichts mehr ändern. „Wann wird es so weit sein?“, fragte er beklommen.

„Man erwartet mich schon morgen in aller Frühe im Tempel.“

„Dann bleib wenigstens heute noch bei mir.“

„Es geht nicht“, antwortete Shan’Auc. „Wir müssen uns in das Unvermeidliche fügen. Von nun an ist mein Leben ausschließlich Apophis geweiht. Wenn ich bei dir bliebe, würde es alles nur noch schwerer machen.“ Sie presste ihm einen glühenden Kuss auf die Lippen, dann trat sie einen Schritt zurück. „Leb wohl, Geliebter. Ich werde immer an dich denken, aber ich weiß, dass wir uns niemals wiedersehen werden.“

Sie fuhr herum und rannte in die Richtung zurück, aus der sie gekommen war. Teal’c versuchte nach ihr zu fassen und sie festzuhalten, doch seine Hand griff ins Leere.

„Leb wohl, Shan’Auc von den roten Hügeln“, murmelte auch er, obwohl sie ihn nicht mehr hören konnte.

Lange Zeit stand er reglos da und starrte mit brennenden Augen die Straße hinunter, auch noch als Shan’Auc längst aus seinem Blickfeld verschwunden war.

Erst als jemand sich neben ihm räusperte, erwachte er aus seiner Erstarrung und wandte sich um. Drei uniformierte Jaffa hatten sich ihm unbemerkt genähert.

„Ihr werdet dringend im Palast erwartet, Meister Teal’c“, sagte einer von ihnen. „Es gibt schlimme Neuigkeiten. Valar hat im Kampf gegen Ra versagt und eine katastrophale Niederlage erlitten. Apophis hat seine unverzügliche Hinrichtung befohlen und Euch bestimmt, um das Urteil zu vollziehen.“

LANDUNG AUF TOBIN

1

„Ich begreife das einfach nicht", stieß Daniel hervor. Mehr als die Hälfte des Countdowns, der ihnen bis zur Explosion der Mine blieb, war bereits verstrichen, und in seine Stimme hatte sich in den vergangenen zwei Minuten ein immer verzweifelterer Unterton geschlichen. „Ich bin völlig sicher, dass ich alles richtig gemacht habe."

„Aber irgendwo muss ein Fehler stecken. Vielleicht hätten wir den Zeiger zuerst in die andere Richtung drehen müssen", warf Sam ein.

„Nein, die Richtung ist genau wie die Vorgabe, welche Zahl durch die Farben symbolisiert wird, eindeutig bestimmt." Anscheinend wirkte seine Nervosität sich verstärkend auf seinen Schnupfen aus, denn seine Nase lief nun ununterbrochen, doch er kümmerte sich nicht darum, und obwohl der Anblick nicht gerade schön war, achtete auch keiner der anderen darauf. Im Angesicht des Todes hatten sie ganz andere Probleme. „Ein Übersetzungsfehler scheidet auch aus, das habe ich jetzt ein halbes Dutzend Mal gecheckt. Blau steht für drei, orange für fünf und drei wieder für blau. Auch die Ziffern konnten wir eindeutig entschlüsseln. Das Symbol hier bedeutet die erste Stelle im Zahlensystem, also die Eins, das hier die Zwei..."

„Aber was ist mit der Null?", meldete sich Jakob von der Pilotenkanzel aus zu Wort.

„Die Null?“

„Wir Tok’ra hatten bereits mit vielen Zivilisationen Kontakt, und dabei haben wir die Erfahrung gemacht, dass die Null sehr oft einen unterschiedlichen Stellenwert besitzt.“

„Natürlich!“, rief Sam aufgeregt. „Wir haben nicht bei Null sondern erst bei eins angefangen.“

„Ja, aber das ist auch völlig richtig, weil es gar keine Null im Zahlensystem der Phönizier gab“, erklärte Daniel.

„Aber die Tobin kannten sie. Anscheinend haben sie sie erst später eingeführt. Eine innovative Technologie dieser Komplexität, wie wir sie hier vor uns haben, erfordert unbedingt eine Null, weil sich sonst keine genauen mathematischen Berechnungen durchführen lassen.“

„Demnach müsste ich mich um eine Stelle vertan haben“, erkannte Daniel. „Der Fehler lag nicht in der Übersetzung, sondern im unterschiedlichen Zahlensystem.“

„Mir egal, wo der Fehler lag, geben Sie endlich den richtigen Code ein, bevor wir im Himmel weiter darüber diskutieren!“, blaffte O’Neill.

„Bin ja schon dabei. Wenn die Null also die erste Ziffer ist und blau für die dritte Stelle des Zahlensystems steht, dann ist also die zwei gemeint, nicht die drei“, murmelte Daniel vor sich hin.

In aller Eile bewegte er den Zeiger noch einmal in der veränderten Weise. Ein mehrfaches Piepsen ertönte nach der letzten Drehung, dann hörten die Bildschirme zu blinken auf und färbten sich weiß. Daniel atmete auf.

„So, das war’s. Geschafft.“

O’Neill meinte die Erschütterung zu spüren, die der Felsbrocken verursachte, der ihm vom Herzen fiel.

„Dann können wir jetzt die richtige Frequenz eingeben", meinte Sam mit ebenfalls hörbarer Erleichterung und wischte sich den Schweiß von der Stirn, doch Daniel schüttelte den Kopf. Er schob sich unter der Mine hervor, richtete sich auf und putzte sich endlich die Nase.

„Nein", widersprach er, während er das Taschentuch wegsteckte. „Es wäre einfach zu riskant. Im Vergleich zu einer Umprogrammierung war die Deaktivierung nur ein Kinderspiel, und trotzdem hätte sie uns fast das Leben gekostet. Wir wissen jetzt, wie gefährlich jeder kleine Fehler ist. Ich besitze einfach noch zu wenige Informationen um weitere Fehler auszuschließen."

„Aber wir können jetzt nicht einfach aufgeben, nachdem wir so weit gekommen sind", entgegnete Jakob. „Sonst ist unsere Mission geplatzt, und die Folgen wären schrecklich."

„Nicht so schrecklich, als wenn wir selbst platzen", behauptete O'Neill. „Wenn Daniel schon selbst sagt, dass ihm die nötigen Informationen fehlen, dann brechen wir ab."

„So habe ich das nicht gemeint", widersprach Daniel. „Wie viel Zeit bleibt uns noch bis zum Treffen zwischen Apophis und Heru'ur?"

„Nur noch knapp zehn Stunden", teilte Jakob mit.

„Das ist nicht viel, aber es könnte reichen. Wir müssen eben versuchen, uns die fehlenden Informationen zu beschaffen. Und zwar dort, wo die Minen gebaut wurden. Auf Tobin."

O'Neill tippte sich bezeichnend an die Stirn.

„Aber sonst tickt noch alles ganz richtig, ja? Kommen Sie schon, Daniel. Wie stellen Sie sich das vor? Sollen wir mal eben schnell dort landen und innerhalb von ein paar Stunden einen ganzen Planeten nach den Konstruktionsplänen der Minen absuchen, von denen wahrscheinlich überall Kopien herumliegen? Haben Sie mal auf dem Beipackzettel Ihres Schnupfensprays nachgelesen, ob es eventuell Nebenwirkungen wie Realitätsverlust gibt?"

„Kein Grund, gleich ausfallend zu werden", entgegnete Daniel. „Ich weiß, dass sich das im ersten Moment verrückt anhört, aber ich denke, wir haben eine Chance. Aus den überlieferten Aufzeichnungen geht hervor, dass die Tobin nicht sehr zahlreich waren, schließlich waren sie nur eine begrenzte Zahl von Entführungsopfern und hatten nur knapp drei Jahrtausende Zeit sich zu vermehren. Zudem wurden viele von ihnen verschleppt, um als Wirte oder Jaffa zu dienen. Es gibt nur fünf Städte auf Tobin, von denen eine das Industrie- und Forschungszentrum darstellte. Das schränkt unseren Suchradius stark ein."

„Trotzdem", beharrte O'Neill. „Vergessen Sie da nicht ein paar Kleinigkeiten? Zum ersten liegt Tobin genau im Zentrum des Minenfeldes, und zum zweiten hat Jakob uns vorhin erklärt, dass wir uns mit unserem Baby an Bord nicht von unserer Position entfernen können."

„Aber wir wissen jetzt, wie wir die Auslöser deaktivieren können, und damit stellt das kein Problem mehr für uns dar", ereiferte sich Daniel.

„Das ist richtig", pflichtete Sam ihm bei.

O'Neill drehte sich zur Pilotenkanzel um. „Jakob?"

„Unser Schiff ist klein und wendig genug, dass ein Flug durch das Minenfeld ein kalkulierbares Risiko wäre", behauptete der Tok'ra. „Etwas anders macht mir viel mehr Sorgen. Die Systemlords haben Tobin zu einem verbotenen Planeten erklärt, und dafür muss es gute Gründe geben. Vor allem hier, weil es sich wegen des Minenfeldes sowieso jeder gut überlegen würde, dorthin zu fliegen."

„Vielleicht wollen sie damit nur verhindern, dass irgendwelche Informationen in die falschen Hände fallen“, mutmaßte Sam.

„Oder sie haben sich auf ein solches Verbot nur geeinigt, um zu verhindern, dass irgendein Goa'uld den Planeten in Besitz nimmt und dort nahezu unangreifbar wäre“, ergänzte O'Neill. Gerade die Argumente gegen eine Landung weckten sein Interesse, und er begann sich für den Gedanken zu erwärmen.

Es würde bedeuten, endlich wieder aktiv etwas zu tun, und das war ihm in jedem Fall lieber, als nur untätig dazusitzen und Sam und Carter unbeholfen mit der Mine herumexperimentieren zu lassen.

„Wenn die Goa'uld etwas verbieten, ist das allein eigentlich schon ein guter Grund, es zu tun“, fügte er hinzu.

Damit war die Entscheidung gefallen.

2

Als sie den Orbit von Tobin schließlich erreichten, lagen O'Neills Nerven blank, und ein Blick in die angespannten Gesichter der anderen zeigte ihm, dass es ihnen genauso ging. Er war überzeugt, dass die letzte halbe Stunde ihn mindestens zwei Jahre seines Lebens gekostet hatte.

Anfangs hatte er sich hinter den Pilotensitz gestellt und Jakob beim Navigieren zugesehen, doch schließlich hatte er es nicht mehr ausgehalten, die unzähligen Minen zu sehen, die alle nur darauf zu warten schienen, von dem Schiff gerammt zu werden, um ihre tödliche Wirkung zu entfalten. Immer wieder war Jakob an einigen von ihnen so dicht vorbeigeflogen, dass O'Neill sich eingebildet hatte, jede einzelne Schraube und Niete an ihrer Außenhülle erkennen zu können.

Schließlich war er nach hinten gegangen, ohne dass seine Anspannung deshalb nennenswert nachgelassen hatte. Es genügte bereits, die Bewegungen des Schiffes zu spüren, das während der Ausweichmanöver ständig von einer Seite zur anderen schwankte, und zu wissen, dass sie gerade wieder an mehreren Minen vorbeiflogen.

Die Oberfläche Tobins war ähnlich wie die der Erde zum größten Teil von Wasser bedeckt, sogar in noch stärkerem Maße. Es gab nur drei Kontinente, von denen einer lediglich aus einer Gruppe unzähliger kleinerer Inseln bestand, die so felsig waren, dass es kaum Pflanzenbewuchs gab.

Der Hauptkontinent, dem sie sich näherten, schien hingegen ausgesprochen fruchtbar zu sein und bot sich fast einheitlich in unterschiedlich schattiertem Grün dar. Nur andeutungsweise waren darin die fünf von Daniel erwähnten Städte zu entdecken. Im Laufe der vergangenen hundert Jahre hatte sich die Natur zurückgeholt, was man ihr abgetrotzt hatte. Straßen, Plätze und sogar ein Großteil der Häuser waren von Pflanzen überwuchert.

„Die Analyse der Atmosphäre zeigt keinerlei gefährliche Stoffe an“, verkündete Jakob. „Keine Gifte oder dergleichen. Die Luft ist gut atembar, enthält sogar einen geringfügig höheren Sauerstoffanteil als die der Erde.“

„Gifte?“, hakte O’Neill nach.

„Nun, mir kam der Gedanke, dass die Goa’uld die Tobin möglicherweise durch Gift oder sonst eine Bio-Waffen ausgerottet haben, da sie den Planeten mit konventionellen Waffen nicht angreifen konnten. Es würde zu ihnen passen, und wir wissen, dass sie schon vor langem

Experimente in dieser Richtung unternommen haben. Das würde auch erklären, warum der Planet zur verbotenen Zone erklärt wurde. Aber wenn es sich so verhält, dann sind keine Rückstände entsprechender Giftstoffe mehr feststellbar."

„Wie beruhigend."

„Außerdem spricht dagegen, dass ich zahlreiche Lebenszeichen empfange. Nun schauen Sie nicht gleich so entsetzt, Jack. Ich spreche von Tieren, wie sie in einem so gigantischen Wald ganz normal sind. Würden sie fehlen, würde mir das sehr viel mehr Sorgen bereiten."

„Aber da wir nichts über die Fauna von Tobin wissen, stellen sie dennoch eine potentielle Gefahr dar", warf Sam ein. „Es ist anzunehmen, dass sich auch Raubtiere darunter befinden."

„Wenn es weiter nichts ist, damit werden wir schon fertig", behauptete O'Neill und deutete auf ihre Waffen, die zusammen mit einem Teil ihrer übrigen Ausrüstung in einer Ecke des Frachtraums lagen. Da ursprünglich nicht vorgesehen war, dass sie während dieses Einsatzes das Schiff verlassen würden, hatte Jakob ihnen geraten, darauf zu verzichten, um Platz zu sparen, und weil sie ohnehin schon genug zu schleppen hatten. Dennoch hatte O'Neill darauf bestanden. Er war gerne auf alle Eventualitäten vorbereitet, und jetzt war er froh, dass er sich nicht hatte umstimmen lassen.

Inzwischen hatten sie sich ihrem Ziel so weit genähert, dass Einzelheiten zu erkennen waren. Ursprünglich mochte die Stadt Ähnlichkeit mit einer beliebigen Großstadt auf der Erde gehabt haben, doch hatte der Zahn der Zeit deutliche Spuren an ihr hinterlassen. Da es auf Tobin keinerlei Platzmangel gegeben hatte, der zum Bauen in die Höhe gezwungen hatte, gab es keine sonderlich hohen Gebäude. Die meisten besaßen nur drei oder höchstens vier Stockwerke, und viele waren in schlechtem Zustand. Manche waren ganz oder teilweise in sich zusammengestürzt, von einigen standen nur noch einzelne Mauerteile. Wie schon aus der Ferne zu sehen gewesen war, war zudem alles von der tropisch anmutenden Pflanzenvielfalt überwuchert.

„Und da unten wollen Sie wirklich etwas finden?“, wandte sich O'Neill an Daniel. „Dann mal viel Glück.“

„Ich habe es mir etwas leichter vorgestellt“, gab Daniel zu. „Wer konnte denn ahnen, dass die Städte ausgerechnet mitten im Dschungel liegen? Außerdem sind hundert Jahre eine lange Zeit.“

„Ich werde auf dem freien Platz da vorne landen“, teilte Jakob mit. „Ist die einzige halbwegs passable Fläche, die ich entdecken kann.“

Ursprünglich mochte es sich wirklich einmal um einen großen Platz innerhalb der Stadt gehandelt haben, denn zwischen den auch hier wild wuchernden Pflanzen waren noch vereinzelt Reste von Beton oder einem ähnlichen Belag zu entdecken. Langsam senkte sich das Schiff tiefer und setzte sanft wie eine Feder auf.

„Also dann, viel Erfolg“, wünschte Jakob. „Falls ihr euch nicht vorher über Funk meldet, bin ich in genau acht Stunden wieder zurück.“

Sie hatten abgesprochen, dass er direkt wieder starten und getarnt im Orbit warten würde. Innerhalb der Atmosphäre wäre es ihm unmöglich, genaue Ortungsimpulse aus dem All zu empfangen, sodass er nicht einmal mitbekäme, wenn die Schiffe von Apophis oder Heru'ur eintreffen würden.

„Wird schon schief gehen.“ Mit seinem Automatik-

Gewehr in den Händen trat O'Neill als Erster durch die Schleuse ins Freie. Sofort sank er bis über die Knie in dem dichten Pflanzenteppich ein. Es handelte sich hauptsächlich um eine Mischung aus breithalmigem Gras, Schlingpflanzen und farnähnlichen Gewächsen.

„Und wohin jetzt?", fragte er und blickte Daniel an. „Du hast die freie Auswahl."

Daniel machte einen tiefen Atemzug und musste prompt niesen. Wieder benutzte er sein Spray, dann sah er sich ein paar Sekunden lang in alle Richtungen um und deutete schließlich auf den abgebrochenen Rumpf eines runden Turms, der sich in einigen hundert Metern Entfernung über den anderen Gebäude erhob.

„Das könnte eine Art Funkturm oder etwas in der Art gewesen sein. Möglicherweise liege ich auch falsch, aber in irgendeiner Richtung müssen wir ja schließlich mit der Suche anfangen."

Sie stapften los, während das Schiff hinter ihnen wieder abhob und nach kurzer Zeit verschwand, als Jakob die Tarnvorrichtung aktivierte.

Sie waren kaum zwei Dutzend Schritte weit gegangen, als der Boden unter O'Neills Füßen plötzlich nachgab. Er versuchte sich instinktiv zur Seite zu werfen und irgendwo festzuhalten, doch es gelang ihm nicht mehr.

Auch Sam und Daniel, die nach ihm zu greifen versuchten, kamen zu spät.

Haltlos stürzte er in die Tiefe.

VALAR

1

Valar hatte sich mit seinen überlebenden Kämpfern auf einen unbewohnten, kargen Planeten zurückgezogen, auf dem es weder nennenswerte Bodenschätze noch sonst irgendetwas von Interesse gab.

Teal'c hatte sich nicht einmal die Mühe gemacht, sich den Namen zu merken. Er fühlte sich wie betäubt. Die dreifache Hiobsbotschaft war zu viel für ihn. Erst die Trennung von Shan'Auc, dann die Nachricht von Valars Niederlage, und nun hatte auch noch ausgerechnet er den Auftrag bekommen, seinen Freund zur Strafe für sein Versagen hinzurichten. Warum gerade er?

Wieder und wieder kreiste die Frage in seinem Kopf, machte es ihm unmöglich, irgendeinen anderen klaren Gedanken zu fassen. Es war allgemein bekannt, wie nahe Valar und er sich standen, insofern konnte es sich nur um eine Prüfung seiner Loyalität handeln. Ein sadistisches Vergnügen, das Apophis sich auf seine Kosten bereitete. Vielleicht hatte er Teal'cs Widerworte bei ihrem ersten Zusammentreffen doch noch nicht vergessen, und nach der unmittelbaren Züchtigung war dies nun seine eigentliche Bestrafung, für die er sich viel Zeit gelassen hatte, um sie ausgiebig genießen zu können.

Das SternenTor wurde schwer bewacht, für den Fall, dass Ras Krieger den Flüchtlingen zu folgen versuchten.

Mehrere Dutzend Strahlenlanzen waren auf Teal'c gerichtet, als er aus dem Ereignishorizont des künstlichen Wurmlochs trat, wurden jedoch sofort gesenkt, als man erkannte, wer er war. Zwei Todesgleiter mit aktivierten Waffensystemen, die nicht weit von dem Tor entfernt in der Luft kreisten, stiegen wieder höher.

Teal'c war dafür bekannt, ruhig und bedächtig zu sprechen, und wenn er nicht gerade kämpfte, bewegte er sich auch auf die gleiche Art. Manch einer mochte glauben, dass er deshalb auch langsam dachte, doch das war ein Fehler, denn jeder, der ihn unterschätzte, hatte dies zu bereuen. Die Wortkargheit lag in seiner Natur, vielleicht eine Folge des vielen Leids, das er bereits gesehen und zum Teil selbst verursacht hatte. Aber das änderte nichts daran, dass er eine Vielzahl von Sinneseindrücken gleichzeitig aufnehmen und verarbeiten konnte, um sich ein Bild von der Lage zu verschaffen und entsprechend handeln zu können.

So war es auch hier, doch was er sah, erschütterte ihn zutiefst. Valar war mit mehreren tausend Kriegern zu dem Feldzug aufgebrochen. Die Überlebenden hatten ein einfaches Zeltlager in der Nähe des SternenTors aufgeschlagen, doch es waren erschreckend wenig Zelte. Nur wenige hundert Krieger der ursprünglich so stolzen Armee konnten noch am Leben sein, und viele von ihnen waren darüber hinaus mehr oder weniger schwer verletzt.

Obwohl er gedanklich immer noch abgelenkt war, nahm Teal'c diese und noch zahlreiche weitere Informationen binnen Bruchteilen von Sekunden in sich auf. Er registrierte die frisch aufgeworfenen Erdhügel, Spuren der Stellen, wo die Krieger, die nach der Flucht hier gestorben waren, in Massengräbern beerdigt worden waren, und auch weitere Gruben, die für die ausgehoben wurden, die in den nächsten Stunden sterben würden. Ihrer Zahl und Größe zufolge wurde noch mit vielen weiteren Opfern gerechnet.

Gleichzeitig prüfte Teal'c auch mit wenigen Blicken die Abwehrstellungen, die man vor dem SternenTor zum Schutz gegen einen Angriff errichtet hatte, und stellte fest, dass sie nach einem wohl durchdachten System angelegt worden waren, sodass sie ein Maximum an Effektivität erzielten. Das waren keine eiligst errichteten Provisorien, sondern sie trugen die Handschrift eines kühl planenden Militärstrategen. Trotz seiner Niederlage schien Valar weder seine taktische Brillanz noch seinen Kampfeswillen eingebüßt zu haben, doch Teal'c hatte auch nichts anderes erwartet. Valar war niemand, der nach einer verlorenen Schlacht einfach aufgab.

Ein Jaffa kam auf ihn zugeeilt.

„Meister Teal'c, Ihr seid es persönlich. Man hat uns nur angekündigt, dass jemand käme, von dem wir weitere Befehle erhalten würden, aber wir konnten nicht ahnen, dass Ihr es sein würdet, sonst hätten wir..."

Mit einer knappen Handbewegung schnitt Teal'c ihm das Wort ab. Der Jaffa war noch erschreckend jung, konnte seine Ausbildung erst vor kurzer Zeit abgeschlossen haben. Dennoch schien er das Kommando über den verbliebenen Rest der Armee zu führen. Es warf ein erschreckendes aber zugleich sehr bezeichnendes Licht darauf, mit was für Soldaten man Valar in den Krieg gegen einen so mächtigen Feind wie Ra geschickt hatte. Damit war seine Niederlage fast schon vorprogrammiert gewesen. Es grenzte an ein Wunder, dass er sich überhaupt so lange hatte halten können.

„Bring mich zu Valar!", befahl Teal'c knapp.

2

Angesichts dessen, was er an diesem Tag bereits erlebt hatte und der schrecklichen Aufgabe, die ihm bevorstand, hatte sich Teal'c bereits vor seiner Ankunft innerlich wie tot gefühlt und nicht geglaubt, dass irgendetwas diesen Schutzpanzer durchbrechen könnte. Das Elend, das er auf dem Weg durch das Lager zu sehen bekam, erschütterte ihn jedoch trotzdem.

Wie er schon vermutet hatte, hatte Apophis Valar das Kommando über eine Armee von halben Kindern übertragen. Er sah keinen einzigen Krieger, der nennenswert älter als zwanzig Jahre sein mochte, und die Gräuel des Krieges, aus dem sie gerade zurückgekehrt waren, hatten bereits unauslöschliche Spuren in ihre Gesichter gebrannt. Viele von ihnen hockten apathisch auf dem Boden und starrten mit leerem Blick vor sich hin.

Die Zelte dienten nicht als Unterkünfte sondern als behelfsmäßige Lazarette, in denen die Schwerverletzten behandelt wurden. Sehr viele von ihnen würden den nächsten Tag nicht mehr erleben, wie Teal'c schon mit flüchtigen Blicken erkannte.

Schließlich erreichten sie ein Zelt in der Mitte des Lagers, vor dem mehrere Wachen standen. Zwei weitere Wachposten befanden sich im Inneren und passten auf Valar auf, der an Händen und Füßen gefesselt in einer Ecke saß.

„Wie uns aufgetragen wurde, haben wir ihn seines Kommandos enthoben und ihn gefangen genommen, ihm aber kein Leid zugefügt“, berichtete der Jaffa, der Teal'c hergeführt hatte.

Valar blickte auf, als sie das Zelt betraten.

„Teal'c!", rief er erleichtert. „Ich habe gehofft, dass man dich schicken würde, aber kaum noch damit gerechnet. Jetzt wird alles gut. Du wirst dieses Missverständnis aufklären."

„Hinaus!", herrschte Teal'c die übrigen Jaffa an.

„Aber wir ..."

„Habt ihr nicht gehört, was ich befohlen habe? Geht! Sofort!"

Ohne weitere Widerworte verließen die Jaffa das Zelt.

„Kinder!", knurrte Teal'c. „Wie kann man sie nur in einen Krieg schicken?"

„Wir waren noch jünger, als wir auf Nakor in unsere erste Schlacht zogen", erinnerte Valar. „Komm schon, mach mich los. Diese Fesseln sind nicht gerade bequem."

„Wir kämpften an der Seite vieler erfahrener Krieger, um von ihnen zu lernen", entgegnete Teal'c ohne sich zu rühren.

„Das war ja gerade mein Problem. Mir hat man nur Rekruten gegeben, die ihre Ausbildung gerade abgeschlossen hatten. Irgendwo muss in der Planung ein Fehler passiert sein. Ich habe jeden Tag Meldungen geschickt und um Verstärkung durch erfahrene Truppen gebeten, aber ich bekam nicht einmal eine Antwort."

„Apophis ist der Überzeugung, dass du versagt hast. Für ihn zählt nur der Erfolg, ihn interessiert nicht, welche Schwierigkeiten diesem im Wege stehen."

„Schwierigkeiten?", schnappte Valar. „Das waren mehr als nur Schwierigkeiten. Es war völlig aussichtslos, diese Kinder in eine Schlacht gegen Ras erfahrene Garde zu führen. Fast die Hälfte von ihnen wurde bereits am ersten Tag getötet. Irgendwie habe ich es geschafft, aus den Überlebenden etwas zu formen, das einer Armee wenigstens ähnelte, und mit unglaublicher Tapferkeit haben sie unsere Stellungen gehalten, bis wir heute morgen schließlich überrannt wurden." Er zerrte an seinen Fesseln. „Jetzt mach mich endlich los. Worauf wartest du noch?"

„Ich wurde mit einem anderen Auftrag von Apophis hergeschickt", erklärte Teal'c emotionslos.

„Du..." Valar brach ab, und seine Augen weiteten sich. „Aber... das ist doch nicht möglich! Teal'c, du hast die Kinder dort draußen gesehen, und du weißt so gut wie ich, dass man mit ihnen keinen Krieg gewinnen kann. Ich habe nicht versagt, du weißt das! Und es ist noch nicht alles verloren! Nachdem du jetzt die Wahrheit kennst, können wir zusammen zu Apophis gehen und ihm erklären, was geschehen ist. Wenn er mir frische Truppen unterstellt, geeignete Soldaten, dann kann ich den Krieg noch gewinnen und..."

„Apophis ist nicht an Erklärungen interessiert", unterbrach ihn Teal'c. „Für ihn ist die Lage klar, und er duldet niemanden, der eine so vernichtende Niederlage erlitten hat."

Valar wollte erneut protestieren, doch dann erlosch plötzlich das Feuer, das kurzzeitig in seinen Augen aufgeflackert war. Er senkte den Kopf.

„Ich hätte es wissen müssen", murmelte er betreten. „Natürlich. Die Goa'uld sind nicht an der Wahrheit interessiert, das waren sie noch nie. Sie erschaffen sich ihre eigene Wahrheit und erklären sie für allein gültig. Für Apophis sind wir nur Spielfiguren, die er nach Belieben hin und her schieben kann. Als dein Vater in eine ähnliche Lage geriet, hat Chronos ihn immerhin noch selbst getötet. Apophis jedoch benutzt ausgerechnet dich, um die Schmutzarbeit für ihn zu erledigen."

„Ich begreife das nicht“, sagte Teal’c, ohne auf Valars Worte einzugehen. Mit untergeschlagenen Beinen setzte er sich Valar gegenüber auf den Boden. „Bra’Tak überwacht persönlich alle Einsatzpläne und ist stets über die aktuelle Lage an allen Kriegsschauplätzen informiert. Er kann doch nicht übersehen haben, dass man dir für diesen Auftrag nur unvollständig ausgebildete Krieger zur Verfügung gestellt hat. Er ist viel zu gründlich, als dass ihm ein solcher Fehler unterlaufen könnte.“

„Ich habe auch meine Berichte und meine Ersuchen um Verstärkung an ihn persönlich gerichtet. Aber du hast Recht: Ein solcher Fehler würde ihm nicht passieren. Jedenfalls nicht ungewollt.“

„Was willst du damit andeuten?“

„Ich will gar nichts andeuten“, erwiderte Valar bitter. „Ich zähle nur eins und eins zusammen, was ich schon viel früher hätte tun sollen. Bra’Tak lässt sich sämtliche Einsatzpläne vorlegen und kontrolliert sie. Bra’Tak ist derjenige, der auf meine Bitten um Hilfe nicht reagiert hat. Und Bra’Tak ist niemand, dem dergleichen versehentlich passiert. Also bleibt nur der Schluss, dass alles so beabsichtigt war. Ein Komplott, um mich los zu werden, das Bra’Tak entweder ausgeheckt hat, oder in das er zumindest verstrickt ist.“

„Das ist absurd!“ widersprach Teal’c. „Welchen Grund sollte er dafür haben? Er hat mich zwar schon frühzeitig zu seinem Nachfolger erwählt, aber trotzdem hat er auch dich stets nach Kräften gefördert. Er liebt uns beide wie Söhne.“

„Es soll auch schon vorgekommen sein, dass Väter ihre Kinder getötet haben. Du selbst hast mich mehr als einmal ermahnt, meine Meinung über die Goa’uld besser zu verbergen. Vielleicht sind Bra’Tak ähnliche Bedenken gekommen. Wir wissen beide, dass er so wie wir denkt. Möglicherweise ist er zu dem Schluss gekommen, dass ich ein Sicherheitsrisiko wäre, dass auch ihn selbst in Gefahr bringt, und dies war sein Weg, um mich elegant zu beseitigen."

„Du steigerst dich in etwas hinein", behauptete Teal'c. „Bra'Tak würde niemals tausende von Jaffa opfern, nur um dir eine Falle zu stellen. Apophis hätte da bestimmt keine Skrupel, wohl aber Bra'Tak."

Valar zuckte die Achseln. Er schien resigniert zu haben.

„Es spielt ja ohnehin keine Rolle mehr, was genau dahintersteckt. Jedenfalls für mich nicht mehr. Wie es aussieht, haben wir ein Problem. Wir sind seit vielen Jahren Freunde, und du weißt, dass ich unschuldig bin. Dennoch musst du mich töten, denn wenn du es nicht tust, wird mich das nicht retten, aber du würdest selbst ebenfalls wegen Befehlsverweigerung hingerichtet werden. Also bring es hinter dich, je schneller desto besser." Er lächelte schmerzlich. „Wir wissen beide, dass dir keine Wahl bleibt."

„Nein, die bleibt mir nicht", bestätigte Teal'c mit maskenhaft starrem Gesicht. Er zog ein Messer, beugte sich vor und durchtrennte Valars Fußfesseln. „Gehen wir."

4

Teal'c glaubte fast körperlich die Blicke der jungen Jaffa zu spüren, als er mit Valar und nur einem weiteren Krieger, den er wahllos bestimmt hatte, das Lager verließ. Doch es war ihm egal. Die Jaffa schienen zu glauben, dass der Mann, dessen Anordnungen sie bis vor wenigen Stunden noch blind gehorcht und dem sie ihr Leben anvertraut hatten, zu einem unberechenbaren Monster mutiert war, dem man sich nur im Schutz schwer bewaffneter Wachen nähern durfte.

Dennoch hatte keiner von ihnen zu protestieren gewagt, als Teal'c verkündet hatte, dass er Valar außerhalb des Lagers töten und dort auch begraben würde.

Hinter der Kuppe eines Hügels erstreckte sich ein idyllisches Tal, durch das sich ein kleiner Fluss schlängelte, an dessen Ufer sie stehen blieben.

„Ein schöner Platz um zu sterben", stellte Valar fest. „Aber es wäre mir auch egal gewesen, wenn du mich direkt an Ort und Stelle getötet hättest. Ich habe nur noch eine Bitte an dich: Wenn du wieder auf Chulak bist, dann geh zu Mo'Lar und Rak'nor und erzähle ihnen die Wahrheit. Sie sollen nicht glauben, dass ich ein Versager war. Erzähl Ihnen, dass ich tapfer und ehrenhaft gestorben wäre."

„Ich fürchte, diese Bitte kann ich dir nicht erfüllen, mein Freund", entgegnete Teal'c, riss seine Strahlenlanze hoch und feuerte sie ab.

Er traf den Jaffa, der sie begleitet hatte, zielsicher am Kopf. Der junge Mann starb so schnell, dass er vermutlich nicht einmal mehr mitbekam, was mit ihm geschah.

Nein! gellte die Stimme in seinem Kopf. Was hast du getan? Das ist Verrat! Deine Aufgabe ist es, Valar zu töten, auch wenn er dein Freund ist. Du musst dem Befehl deines Gottes gehorchen!

„Was... was hat das zu bedeuten?", fragte Valar. Verständnislos ließ er seinen Blick zwischen Teal'c und dem toten Jaffa hin und her wandern. „Hast du den Verstand verloren?"

„Ganz im Gegenteil", behauptete Teal'c. „Ich glaube, meine Gedanken waren noch nie so klar wie in diesem

Moment. Ich habe heute schon einen Menschen verloren, den ich liebe, und ich werde dich auf keinen Fall töten. Du hast vorhin gesagt, ich hätte keine Wahl, und die habe ich auch nicht, nur meinte ich es anders als du. Wenn ich dich töten würde, wäre ich nicht besser als Chronos, als er meinen Vater ermordete. Und so werde ich niemals sein."

Töte ihn! Erschieß ihn und behaupte, der Tod des Kriegers wäre ein Unfall gewesen, nur so kannst du dich vielleicht noch retten!

„Aber Apophis wird dich zur Verantwortung ziehen und töten", erklärte Valar. „Ich lasse nicht zu, dass du dich meinetwegen opferst."

„Ich werde lügen und behaupten, ich hätte dich getötet."

„Und du denkst, Apophis würde dir so einfach glauben? Die Goa'uld sind zwar keine Götter, daran gibt es für mich schon seit langem keinen Zweifel mehr. Sie sind nur Tyrannen, aber sie sind nicht dumm. Apophis wird einen Beweis für meinen Tod verlangen."

„Und den werde ich ihm liefern, deshalb habe ich darauf bestanden, dass er uns begleitet." Teal'c deutete auf den Leichnam vor sich, dann bückte er sich, öffnete die Uniform des Toten und zerrte dessen noch lebenden Symbionten aus der Bauchhöhle. Die Larve wand sich zischend in seinen Händen. „Apophis wird mir glauben, wenn ich ihm deinen Symbionten präsentiere, denn genau das hat er als Beweis für meinen Gehorsam verlangt."

Unmöglich! Man kann seinen Gott nicht belügen, und selbst wenn es dir gelingt, lädst du damit schreckliche Schuld auf dich! Valar keuchte. Ungläubig starrte er Teal'c an.

„Damit wirst du nicht durchkommen!", prophezeite er. „Auf so einen simplen Trick fällt Apophis nicht herein. Wie willst du erklären, was mit dem Krieger und *seinem* Symbionten passiert ist?“

„Nun, er war unachtsam. Du konntest ihm seine Strahlenlanze entreißen und auf ihn schießen. Etwa so.“ Teal'c gab zwei Schüsse auf den Unterleib des Toten ab, genau auf die Stelle, wo sich die kreuzförmige Bauchöffnung befand. Dabei ist nicht nur er gestorben, sondern auch sein Symbiont verbrannt. Erst anschließend gelang es mir, dich zu töten.“

„Aber du...“

„Es ist ein Risiko, aber das gehe ich ein. Wenn wir diesen Planeten verlassen haben, kannst du durch das Sternen-Tor auf irgendeine Welt gehen, wohin Apophis' Einfluss nicht reicht, und ein neues Leben beginnen. Ich werde Mo'Lar erzählen, was wirklich passiert ist, damit sie weiß, dass du noch lebst, aber du darfst niemals nach Chulak zurückkehren, sonst würdest du nicht nur dich, sondern auch mich ins Verderben stürzen. Das ist alles, was ich für dich tun kann. Leb wohl, mein Freund.“

Ohne ein weiteres Wort oder Valar Gelegenheit zu einer Erwiderung zu geben, hob Teal'c den verstümmelten Leichnam des jungen Jaffa auf und machte sich auf den Rückweg ins Lager.

Dein Gott wird erkennen, dass du ihn belügst und dich dafür bestrafen! donnerte die Stimme in seinem Kopf. *Von diesem Moment an bist du ein Verlorener, ist deine Seele verdammt!*

NEUE GEFAHREN

1

„Jack!“, brüllte Daniel. Mit den Händen riss er das Gestrüpp aus oder bog es zur Seite, um die Öffnung frei zu legen, durch die O’Neill gestürzt war. Es handelte sich um einen runden, etwa einen Meter durchmessenden Schacht, über dem der Beton unter seinem Gewicht nachgegeben hatte.

„Ich bin okay“, drang O’Neills Stimme aus der Tiefe herauf. „Na ja, halbwegs wenigstens. Ein paar Schürfwunden, zwei abgebrochene Fingernägel und ein verknackster Fuß, sonst geht es.“

In der Tiefe des Schachtes leuchtete eine Taschenlampe auf. Erschreckt stellte Daniel fest, dass O’Neill mehr als sechs Meter tief gefallen war. Irgendwie musste es ihm gelungen sein, seinen Sturz an den Wänden abzubremsen, sonst wäre er jetzt wahrscheinlich tot oder hätte sich zumindest schwer verletzt.

„Was ist dort unten?“

„Viel ist nicht zu sehen, nur ein Gang, der nach rechts und links führt. Vermutlich war das früher mal entweder die Kanalisation oder eine Art U-Bahn-Stollen, aber da ich keine Schienen sehe, schätze ich, dass ich geradewegs in einer weiteren ganz speziellen Hinterlassenschaft der Tobin gelandet bin.“

Sam lächelte.

„Wenn er schon wieder so spricht, dann ist ihm wirklich nichts Ernstes passiert", sagte sie so leise, dass nur Daniel sie verstehen konnte. Laut fügte sie hinzu: „Wenn es Sie beruhigt, Sir, dann kann ich Ihnen versichern, dass von dem, was Sie meinen, aufgrund bestimmter biologischer Zersetzungsprozesse nach so langer Zeit nichts mehr übrig ist."

„Na wunderbar, das beruhigt ja kolossal. Noch mehr würde es mich allerdings beruhigen, wenn ich erst wieder hier heraus wäre."

„Moment, wir werden versuchen, etwas zu finden." Sam blinzelte Daniel zu. „Ich sag' ja, ihm geht es gut."

„Aber wie kriegen wir ihn wieder zu uns hoch? Ich glaube kaum, dass hier irgendwo eine Leiter herumliegt."

Sam blickte sich um, bückte sich schließlich und packte eine der Schlingpflanzen, die überall wucherten.

„Wie wäre es hiermit?" Probehalber zog sie ein paar Mal an dem Pflanzenstil, doch sobald sie ein bisschen mehr Kraft aufwendete, zerriss dieser zwischen ihren Händen. „Mist, das Zeug taugt nichts. Wir brauchen einen langen Balken oder so etwas."

„Ich sehe aber nichts, was uns weiterhelfen könnte."

„Dann hören Sie auf, kostbare Zeit zu verschwenden", rief O'Neill zu ihnen herauf. „Der Gang führt nach Norden, das ist auch die Richtung, in der sich der Turm befindet. Wenn das hier wirklich die frühere Kanalisation ist, dann werde ich auch irgendwo einen Ausstieg finden. Ich gehe einfach ein paar Meter unter euch. Wir halten über Funk Kontakt miteinander."

„Aber Sir, wir..."

„Das war ein Befehl, Major!"

Auch Daniel war über diese Lösung nicht gerade glücklich. Sie wussten nicht, auf welche Gefahren sie möglicherweise stoßen würden, oder ob sich irgendwelche Raubtiere in der Kanalisation aufhielten, und wenn sie sich aufteilten, wären sie nicht so gut in der Lage sich zu verteidigen als gemeinsam. Anderseits erkannte er, dass ihnen keine andere Wahl blieb. Es konnte Stunden dauern, bis sie etwas fanden, womit sie O'Neill aus dem Schacht herausholen konnten; Zeit die sie nicht hatten. Die verbleibende Frist war ohnehin denkbar kurz.

Er trat ein paar Schritte von dem Schacht zurück, zog sein Funkgerät aus der Uniformtasche und schaltete es ein.

„Hören Sie mich, Jack?"

„Klar und deutlich, sonst könnte sich der Hersteller nach unserer Rückkehr auch auf eine saftige Klage gefasst machen, schließlich soll die Reichweite über zehn Kilometer betragen."

„Gehen Sie erst einmal ein Stück und reden Sie dabei."

„Was soll der Unsinn jetzt schon wieder? Aber gut, ich gehe. Und das sollten Sie... statt weiter wertvolle Zeit... verschwenden. Also machen... auf... Weg..."

Die Verbindung wurde mit jeder Sekunde schlechter, immer häufiger wurden O'Neills Worte von lautem Knistern überlagert und unverständlich.

„Jack, warten Sie!", rief Daniel. „Genau das wollte ich herausfinden. Entweder ist die Deckenschicht einfach zu dick, oder in dem Material, das die Tobin zum Bauen verwendet haben, ist etwas, das die Funkwellen blockiert."

„Was... gesagt? Kann... kaum ver... zurück. Ich bin jetzt wieder direkt unter dem Schacht. Was hat das zu bedeuten?"

Daniel beugte sich über die Öffnung und wiederholte, was er gerade gesagt hatte.

„Wir müssen damit rechnen, dass die Verbindung ganz abreißt, sobald wir uns ein Stück von dem Schacht entfernen“, schloss er.

„Ohne Funkkontakt ist das Risiko zu groß, dass wir uns nicht mehr wiederfinden“, ergänzte Sam. „Ich schlage vor, Sie warten einfach wo Sie sind, Sir. Wenn Dad uns abholen kommt, kann er Sie mit dem Ringtransporter da unten herausholen.“

„Und wenn Sie noch lange da oben rumstehen und nichts tun, können wir uns auch direkt wieder abholen lassen. Also verschwinden Sie endlich und suchen Sie, wonach auch immer Daniel suchen will!“

„Dickschädel bleibt Dickschädel“, kommentierte Daniel. „Aber er hat Recht. Kommen Sie, sehen wir zu, was wir über die Tobin herausfinden können.“

2

Vor Wut hätte O’Neill am liebsten vor die Wand getreten, wenn sein rechter Fuß ihm nicht ohnehin schon so wehgetan hätte. Er hatte sich den Knöchel nicht einmal beim Aufprall auf den Boden verknackst, sondern war damit gegen denselben Mauervorsprung geschlagen, an dem er sich anschließend festgeklammert und seinen Sturz auf diese Art abgebremst hatte. Vielleicht wäre alles noch glimpflicher abgegangen und er hätte wieder aus dem Schacht hinausklettern können, wenn der Vorsprung nicht unter seinem Gewicht abgebrochen wäre.

Missmutig leuchtete er mit der Taschenlampe umher. Vereinzelt waren Mauernbrocken von der Decke gestürzt, denen er ausweichen musste, ansonsten sah es überall in dem unterirdischen Stollen gleich aus. Eine etwa drei Meter durchmessende Röhre mit bogenförmiger Decke, die wie mit dem Lineal gezogen nach Norden verlief.

Natürlich war O'Neill nicht bei dem Schacht geblieben, wie Sam vorgeschlagen hatte. Er war schon an Bord des Schiffes zu weitgehender Untätigkeit verurteilt gewesen, und er hatte nicht die geringste Lust, weitere Stunden tatenlos herumzusitzen. Lieber wollte er auf eigene Faust versuchen, einen Ausstieg zu finden.

Mittlerweile glaubte er nicht mehr, dass der Stollen ein Teil der Kanalisation war. Sie waren mitten in der Stadt gelandet. Um den Platz herum standen zahlreiche Häuser, die alle eigene Abflüsse besitzen dürften. Dennoch hatte er noch nicht einen einzigen Zufluss oder gar eine Abzweigung entdeckt, nicht einmal eine Rohrmündung. Aus diesem Grund erschien ihm auch die Gefahr, sich zu verirren, recht gering.

Wesentlich wahrscheinlicher erschien ihm mittlerweile der zweite Verwendungszweck des Stollens, den er anfangs eigentlich nur scherzhaft gemeint hatte. Zwar gab es keine Schienen, aber es war ja auch nicht gesagt, dass die U-Bahnen der Tobin Räder besessen hatten. Immerhin war ihre Technik laut Jakobs Aussage der irdischen um einige Jahrzehnte voraus gewesen, also war auch gut vorstellbar, dass ihre Züge auf energetischen Kissen oder etwas in der Art dahingeglitten waren.

Und wenn dieser Stollen Teil eines unterirdischen Verkehrssystems darstellte, dann musste es auch Bahnhöfe oder Stationen geben, die eine Verbindung zur Oberfläche besaßen. Innerhalb einer Stadt lagen diese meist nicht besonders weit voneinander entfernt, es war also nur eine Frage der Zeit, bis er eine erreichte.

Zum Glück hatte er sich den Knöchel nicht ernsthaft verstaucht oder gar gebrochen. Er humpelte leicht, und das Auftreten tat etwas weh, doch wenigstens konnte er den Fuß belasten. Dennoch ärgerte sich O'Neill darüber, dass wieder einmal gerade er in so eine Lage geraten war. Wenn er in irgendetwas Spezialist war, dann darin, sich selbst in die Bredouille zu bringen. Er konnte sich nicht erinnern, die Glücksgöttin jemals beleidigt oder sonst wie gekränkt zu haben, dass sie ihn permanent mit ganzen Kübeln von Pech überschüttete.

Und wem hatte er es überhaupt zu verdanken, dass er hier war? Apophis!

Seit dem ersten Durchgang durch das SternenTor hatten sie es mit einer ganzen Reihe von Goa'uld zu tun bekommen – von denen eine beträchtliche Anzahl diese Begegnung nicht überlebt hatte. Apophis jedoch war seit der Gründung von SG-1 sozusagen ihr herausragender Intimfeind geworden.

Mehr als einmal hatten sie ihn bereits für tot oder zumindest für alle Zeit erledigt geglaubt. Bei der versuchten Invasion der Erde hatte er sich im letzten Moment von seinem explodierenden Schiff retten können. Auch der Falle, die sie ihm mit Hilfe der Tok'ra vor wenigen Monaten im Vorash-System gestellt hatten, war er entkommen, indem er mit knapper Not mit seinem Schiff in den Hyperraum entkam.

Einmal war er sogar tatsächlich tot gewesen; gestorben in der Krankenstation des StarGate-Centers, nachdem sein Reich zusammengebrochen war und er auf der Flucht vor Sokar schwer verletzt auf der Erde um Asyl gebeten hatte. Es war ihnen jedoch nichts anderes übrig geblieben, als seinen Leichnam an Sokar auszuliefern, der ihn mittels eines Sarkophags wieder zum Leben erweckte, um ihn unter der Folter leiden zu lassen. Einige Zeit später war Sokar schließlich durch einen Überraschungscoup von SG-1 und den Tok'ra ums Leben gekommen, woraufhin Apophis die Kontrolle über dessen gewaltige Streitmacht übernommen hatte.

Mittlerweile war er für O'Neill schon fast zu einer persönlichen Nemesis geworden. Der Kerl war wie ein Stehaufmännchen, das immer wieder auf die Füße kam. Irgendwann einmal würde auch die Glückssträhne des Goa'uld reißen. O'Neill hoffte, dass dieser Tag in nicht mehr allzu ferner Zukunft lag und er es sein würde, der dem Mistkerl dann den endgültigen Todesstoß verpasste. Er war so in seine hasserfüllten Gedanken vertieft gewesen, dass er eine Zeit lang kaum auf seine Umgebung geachtet hatte. Erst jetzt registrierte er plötzlich leise Geräusche; ein Trippeln wie von unzähligen kleinen, harten Pfoten.

Ratten! Genauer gesagt wohl das hiesige Gegenstück zu den gefräßigen Nagern.

Die Geräusche klangen hinter ihm auf, aus der Richtung, aus der er kam. O'Neill verspürte keinerlei Lust herauszufinden, inwieweit sich die Biester auf Tobin von denen auf der Erde unterschieden. Es war möglich, dass es sich um wesentlich größere und noch gefräßigere Bestien handelte. Ebenso gut konnten sie aber auch harmlose kleine Kuscheltiere sein, doch darauf wollte er es nicht ankommen lassen.

O'Neill eilte weiter, so schnell es sein schmerzender Fuß zuließ, doch er bemerkte mit Unbehagen, dass die Geräusche dennoch näher kamen. Natürlich, wenn die Tiere irdischen Ratten ähnelten, dann würde er ihnen selbst mit gesundem Fuß nicht davonlaufen können.

Er wandte sich um und leuchtete mit der Taschenlampe nach hinten, doch noch war von seinen Verfolgern nichts zu entdecken. Falls sie wirklich eine Gefahr für ihn darstellten, konnte er nur hoffen, dass sie sich so sehr an die Dunkelheit hier unten gewöhnt hatten, dass das helle Licht sie abschreckte. Zumindest so lange, bis er einen Ausstieg gefunden hatte.

Seine Hoffnungen schien sich zu erfüllen. Nach einigen Dutzend weiteren Schritten wurde das Licht plötzlich nur noch vom Boden reflektiert, nicht mehr von den Seitenwänden und der Decke.

Der Stollen mündete in eine große, runde Kammer. die völlig leer war. Sternförmig zweigten fünf weitere gleichartige Stollen wie der, aus dem er kam, von hier ab, doch zu seinem Schrecken gab es keine Treppe oder sonst einen Weg hinauf zur Oberfläche, lediglich in der Mitte der Halle ragte eine glatte Metallsäule bis zur Decke hinauf.

Hinter ihm wurde das Trippeln lauter. Er konnte es nun besser hören, und es klang nicht mehr wirklich wie das Scharren von Tierpfoten, sondern eher wie ein metallisches Klacken.

Das Geräusch weckte eine Assoziation in O'Neill. Er hatte etwas Ähnliches schon einmal gehört, aber es war unmöglich, dass hier... Erneut wandte er sich um und leuchtete in die Richtung, aus der er gekommen war. Den Geräuschen zufolge mussten seine Verfolger ihm inzwischen sehr nahe gekommen sein.

Einige Sekunden verstrichen, dann nahm er dort, wo der Lichtschein der Lampe in der Dunkelheit des Stollens zerfaserte dicht über dem Boden eine Bewegung wahr.

Das Etwas kroch unbeirrbar näher, und gleich darauf spiegelte sich das Licht auf der Metalloberfläche eines künstlichen Wesens von der ungefähren Größe eines Fußballs, das an eine Mischung aus einer Riesenspinne und einer Krabbe erinnerte.

Eine eisige Faust schien sich um O'Neills Herz zu krampfen. Es war nicht das erste Mal, dass er eine Kreatur wie diese sah.

Einen Replikator...

3

Wesentlich vorsichtiger als vor O'Neills Sturz gingen Sam und Daniel weiter. Es war zwar äußerst unwahrscheinlich, dass auch einer von ihnen mitten auf eine brüchig gewordene Abdeckung des irgendwo in ihrer Nähe unter ihnen verlaufenden Stollens trat, aber die Gefahr war nicht auszuschließen, und sie wollten kein Risiko eingehen. Bei jedem Schritt prüften sie deshalb erst die Tragfähigkeit des Bodens, was ihr Vorankommen stark verlangsamte.

Es dauerte fast eine Viertelstunde, bis sie den Rand des Platzes erreichten. Eine ebenfalls völlig von Pflanzen überwucherte Straße führte von hier aus an mehr oder minder stark zerstörten Häusern weiter in Richtung der Turmruine. An einigen der Gebäude waren unter den rankenden Pflanzen noch Schilder zu entdecken, die sie als Geschäfte auswiesen.

„Keine Autos", brach Sam schließlich das bedrückte Schweigen.

„Wie?" antwortete Daniel zerstreut, während er weiterhin aufmerksam ihre Umgebung musterte und anhand der Schilder zu erkennen versuchte, um was für Geschäfte es sich gehandelt haben mochte.

„Keine Autos“, wiederholte sie. „Oder sonst irgendwelche Fortbewegungsmittel. Entweder waren die Tobin fanatische Spaziergänger, oder sie haben nur öffentliche Verkehrsmittel benutzt.“

„Die anscheinend unterirdisch verliefen, da ich auch keine Busse oder so etwas sehe“, ergänzte Daniel. „Vielleicht ist Jack doch in einen Bahnstollen gestürzt. Dann dürfte er auch schnell eine Haltestelle mit einem Aufgang finden, denn wie ich ihn kenne, wartet er bestimmt nicht auf uns.“

Sam lächelte und nickte zustimmend, wurde aber sofort wieder ernst.

„Glauben Sie eigentlich wirklich, dass wir in der kurzen Zeit hier die Konstruktionspläne für die Minen finden?“, fragte sie. „Oder ist das nur eine Verzweiflungsaktion, damit wir sagen können, wir hätten alles in unserer Macht Stehende versucht? Mich erinnert das verdächtig an die Suche nach der Nadel im Heuhaufen.“

„Ja und nein“, antwortete Daniel.

„Aha“, meinte Sam. „Und was bedeutet das im Klartext?“

„Ich schätze, die entsprechenden Unterlagen zu finden dürfte fast unmöglich sein“, erklärte Daniel. „Zwar waren die Tobin nur ein kleines Volk, aber allein in dieser Stadt dürften etwa eine Million Einwohner gelebt haben, und etwa noch einmal die gleiche Zahl in den anderen Städten zusammen. Wir dürfen also nicht von Verhältnissen wie auf der Erde ausgehen. Wenn wir ein, zwei Tage Zeit hätten, würden wir das entsprechende Forschungszentrum oder die Weltraumbehörde oder wie immer die Tobin es genannt haben bestimmt finden. Aber ich glaube nicht, dass uns das viel nützen würde.“

Fragend blickte Sam ihn an.

„Na ja, es ist wohl kaum zu erwarten, dass am Eingang ein Päckchen mit sämtlichen ausgedruckten Konstruktionsplänen für uns bereit liegt. Ich schätze eher, dass die Tobin sämtliche Daten in Computersystemen gespeichert haben. Aber wenn ich mich hier so umsehe, zweifle ich immer mehr daran, dass wir die wieder zum Laufen bringen können." Er machte eine weit ausholende Geste. „Ich hätte nie erwartet, dass durch die Vegetation hier alles so verwüstet wurde." Sam nickte niedergeschlagen.

„Genau meine Einschätzung. Aber das bedeutet, dass wir ebenso gut aufgeben können."

„Eben nicht. Ein kompletter Konstruktionsplan der Minen wäre sicherlich ein Geschenk des Himmels, aber so viel erwarte ich gar nicht. Sprache und Schrift der Tobin bauen zwar auf denen der Phönizier auf, haben sich aber in solchem Maße weiterentwickelt, dass ich vieles einfach nicht entschlüsseln und übersetzen kann. Wenn wir nur so etwas wie ein Wörterbuch finden würden, würde mir das völlig ausreichen. Deshalb sollten wir..."

Er brach ab, als sein Fuß auf einen Widerstand stieß. Im ersten Moment glaubte er, dass es sich nur um einen Wurzelstrang oder etwas Ähnliches handelte, doch als er das Blattwerk mit der Schuhspitze etwas zur Seite schob, kamen darunter blanke Knochen zum Vorschein. Rasch bückte er sich und legte sie mit den Händen frei.

Es handelte sich um ein menschliches Skelett; der Form des Beckens nach um einen Mann. Die knöchernen Finger seiner rechten Hand waren um ein längliches Metallrohr mit mehreren Knöpfen und längst erloschenen Leuchtdioden gekrampft; anscheinend eine Waffe. Eine Hälfte seines Schädels war weggerissen.

„Es muss einen Kampf gegeben haben“, murmelte Daniel. „Er wurde erschossen.“

„Vielleicht wurde er aber auch erst nach seinem Tod von einem Raubtier verstümmelt“, wandte Sam ein, doch Daniel schüttelte den Kopf.

„Das ist keine Bisswunde, sondern er wurde von einer Energiewaffe getötet. Sehen Sie sich die Knochenränder an. Sie sind verbrannt und wie glasiert.“

„Eine Strahlenlanze?“

„Ist anzunehmen. Anscheinend haben den Tobin ihre Minen nicht viel genutzt. Die Goa'uld haben vermutlich eine Invasionsarmee geschickt, die auch ohne Unterstützung aus dem All den Kampf gegen die Tobin aufgenommen hat. Sie müssen schreckliche Verluste erlitten haben, aber das hat die Goa'uld schließlich noch nie von etwas abgehalten.“

„Ich weiß nicht recht.“ Nachdenklich kratzte sich Sam am Kopf. „Das klingt ganz plausibel, aber es passt irgendwie alles nicht richtig zusammen. Das Ziel der Goa'uld ist es, möglichst viele Planeten zu unterwerfen und zu kontrollieren, weil sie ständig Wirte brauchen. Es sähe ihnen nicht ähnlich, die Tobin alle umzubringen und sich dann wieder von dem Planeten zurückzuziehen.“

„Manchmal führen sie auch Strafexpedition durch, um ein Exempel zu statuieren, damit andere Völker es gar nicht erst wagen sich gegen sie aufzulehnen.“

„Ein Exempel, von dem niemand etwas erfährt? Das sie sogar vertuschen, indem sie Tobin zur verbotenen Zone erklären? Damit besäße es keinerlei abschreckende Wirkung. Ich bleibe dabei, irgendetwas ist faul an der Geschichte.“ Sam griff nach der Waffe des Toten, wand sie ihm aus den Fingern und musterte sie einige Sekunden lang.

„Scheint auch eine Art Energiewaffe zu sein, wahrscheinlich auf Laser- oder Plasmabasis. Mit solchen Waffen können die Tobin den Goa'uld ziemlich erbitterten Widerstand geleistet haben." Sie schüttelte sich bei der Vorstellung der Gräuelszenen, die sich hier abgespielt haben mochten und ließ die Waffe wieder fallen. „Wie auch immer das Ding funktioniert haben mag, seine Energiezellen sind jedenfalls restlos leer."

Langsam gingen sie weiter die Straße entlang und stießen auf immer mehr Tote. Alle waren eines gewaltsamen Todes gestorben.

Schließlich blieb Daniel stehen. Er schirmte seine Augen mit der Hand gegen das Sonnenlicht ab und blickte zu der Turmruine hinüber. Es schien, als wären sie ihr noch keinen Schritt näher gekommen.

„Wir brauchen Stunden, um das Ding zu erreichen, und es gibt keinerlei Garantien, dass wir dort etwas finden", stellte er fest. „Wir sollten lieber versuchen..."

„Still!", unterbrach ihn Sam. „Da ist etwas."

Auch Daniel lauschte angestrengt, doch er konnte außer dem leisen Säuseln des Windes und dem Rascheln der von ihm bewegten Blätter nichts hören. Das musste allerdings nicht viel zu sagen haben, da die Erkältung alle seine Sinne zu dämpfen schien.

„Was?", raunte er.

„Irgendjemand kommt. Da sind Schritte, und ich meine, ich hätte auch eine Stimme gehört."

Wie auf Kommando zerbrach irgendwo nicht weit entfernt ein trockener Ast, und gleich darauf klang ein gedämpfter Laut auf, der wohl einen Fluch darstellte.

„Kommen Sie, Daniel. Wir müssen weg von der Straße!", stieß Sam hervor, packte seinen Arm und zerrte ihn kurzerhand mit sich. Gemeinsam hasteten sie auf den nächst gelegenen Hauseingang zu und versteckten sich darin. Nur wenige Sekunden später kamen die Verursacher der Geräusche aus einer Seitenstraße getreten.

„Jaffa!“, keuchte Sam.

Es handelte sich um eine Gruppe von zehn voll uniformierten Kriegern. Ihre Gesichter waren unter goldfarbenen Helmen in Form von Schlangenköpfen verborgen. Wo ihre Augen saßen, waren rubinfarbene Kristalllinsen in das Metall eingearbeitet, die unheimlich funkelten.

„Apophis Garde“, stellte Daniel mit von Schrecken erfüllter Stimme fest.

PRIMUS

1

„Und zum Beweis für die Erfüllung meines Auftrags bringe ich Euch Valars Symbionten, wie Ihr es mir aufgetragen habt, Gebieter", erklärte Teal'c, ohne auf die in seinem Kopf zeternde und kreischende Stimme zu hören, die ihn mit aller Macht von seiner Lüge abzuhalten versuchte und ihm die schrecklichsten Qualen der Hölle prophezeite. Er winkte einen Jaffa herbei, der ein gläsernes Gefäß mit einer Nährlösung trug, in der die Larve schwamm, weil sie anderenfalls schon längst gestorben wäre.

Unwillkürlich hielt Teal'c die Luft an, während Apophis mehrere Sekunden lang den Symbionten betrachtete. Mehrere hohe Würdenträger aus der Priesterschaft und dem Militär hielten sich noch in dem Thronsaal auf, unter ihnen auch Bra'Tak. Seit seiner Ankunft hatte Teal'c ihn keines Blickes gewürdigt.

„Wie ich es nicht anders erwartet habe, hast du meinen Auftrag zu meiner vollsten Zufriedenheit ausgeführt", sagte Apophis schließlich. „Valar ist tot, das gerechte Schicksal, das jeden Versager erwartet. Gab es irgendwelche Zwischenfälle?"

„Leider ja, Gebieter", berichtete Teal'c. „Vor seinem Tod gelang es Valar, einem Jaffa, der uns begleitete und Zeuge meines Gehorsams werden sollte, seine Stablanze zu entreißen und ihn zu töten, ehe ich ihn selbst hinrichten konnte. Es fiel ihm nicht schwer, ein unerfahrenes Kind aus der Armee zu überwältigen, die man ihm für die Erledigung seines Auftrags zur Verfügung gestellt hatte."

Er sah, wie Bra'Tak zusammenzuckte, doch Apophis reagierte nicht auf die Spitze.

„Das ist unbedeutend", erklärte er nur. „Heute ist ein bedeutender Tag für dich, Teal'c. Bra'Tak hat seine Aufgaben als Primus viele Jahre lang treu und gewissenhaft erfüllt. Aber er ist alt geworden, und es ist an der Zeit, dass ein Jüngerer seinen Posten einnimmt. Deshalb musste ich mir deiner unverbrüchlichen Treue zu mir sicher sein. Ich hätte jeden anderen schicken können, um Valar zu töten, aber ich habe dich ausgewählt, damit du deinem Gott das größte Opfer bringen kannst, das ein Sterblicher außer seinem eigenen Tod bringen kann. Betrachte es als einen letzten Test. Von diesem Tag an wirst du mein neuer Primus sein, Teal'c, Führer meiner Ehrengarde und Oberbefehlshaber aller meiner Streitkräfte. Und nun sinke auf die Knie und huldige deinem Gott."

Wie erschlagen kniete Teal'c nieder. Welch ein ereignisreicher Tag! Binnen weniger Stunden hatte er beruflich alles erreicht, was er sich gewünscht, und privat alles verloren, was ihm noch etwas bedeutet hatte. Es gelang ihm weder Trauer noch Freude zu empfinden. Dabei war er sich der bitteren Ironie bewusst, dass ausgerechnet sein größter Verrat an Apophis ihn ans Ziel seiner Träume und zum nun mächtigsten Jaffa in dessen Reich gemacht hatte.

„Es ist mir eine Ehre, Euch dienen zu dürfen, mein Gebieter."

„Dann geh jetzt und bereite dich auf deine neue Aufgabe vor. Bra'Tak wird dich in alles einweisen."

2

„Was sollte das, du Narr? Wolltest du im letzten Moment noch alles zunichte machen?“ Bra’Tak hatte fast laufen müssen, um Teal’c einzuholen. Seine Augen schien von innen heraus zu brennen, als er ihn anstarrte. „Es war völlig unnötig, Apophis darauf hinzuweisen, dass Valar unfähige Krieger zu seiner Unterstützung hatte. Wenn er weniger gut gelaunt gewesen wäre, hätte er es als Kritik auffassen können und du wärest niemals Primus geworden.“

„Vielleicht wäre das sogar besser gewesen“, erwiderte Teal’c kalt. „Mein ganzes Leben habe ich auf dieses Ziel hingearbeitet, doch jetzt frage ich mich, ob es den Preis wirklich wert war.“

„Weil Valar dein Freund war und du ihn für Apophis töten musstest? So ist das nun einmal, wenn man einem Goa’uld dient, vor allem in so herausragender Position. Ich kann nicht einmal mehr schätzen, wie oft ich als Primus töten musste, um bei Apophis nicht in Ungnade zu fallen: Schuldige und Unschuldige, Freunde und Feinde. Darauf kommt es nicht an, wenn es darum geht am Leben zu bleiben und sich die Gunst seines Herrschers zu bewahren.“

Teal’c verzog keine Miene. In diesem Moment hasste er Bra’Tak geradezu.

„Du brauchst dich vor mir nicht zu rechtfertigen. Ich habe getan, was ich tun musste, aber ich begreife es einfach nicht. Das Einzige, was ich verlange, ist eine Erklärung. Warum musste Valar sterben?“

„Kannst du dir das nicht denken? Er war nicht immer sehr vorsichtig mit dem, was er gesagt hat, und du weißt selbst, wie schnell schon ein leichter Zweifel an der Loyalität ausreichen kann, um in den Augen eines Goa'uld sein Leben zu verwirken."

„Aber..." Auch Valar selbst hatte diese Vermutung aufgestellt, doch Teal'c hatte sie nicht glauben wollen. Fassungslos starrte er Bra'Tak an. „Dieser ganze Feldzug... die Tausenden von Toten... Ich weiß, dass Apophis zu vielem fähig ist, aber selbst er kann doch das alles nicht nur inszeniert haben, um einen Vorwand zu bekommen, Valar zu töten. Er hätte nicht einmal eines Vorwands benötigt!" Die letzten Worte schrie er fast.

„Natürlich nicht", schnappte Bra'Tak. „Denkst du wirklich, er wäre so dumm, das Leben so vieler seiner Krieger nur aus einem so banalen Grund zu vergeuden? Es war ein Ablenkungsmanöver, um einen beträchtlichen Teil von Ras Armee an einem völlig unwichtigen Kriegsschauplatz zu binden und ihm gleichzeitig im Zentrum seiner Macht eine empfindliche Niederlage zuzufügen, was auch gelungen ist. Manchmal muss man wissentlich Opfer bringen und eine Schlacht verlieren, um einen Krieg zu gewinnen. Da von Anfang an feststand, dass die meisten Beteiligten an dem Ablenkungsmanöver sterben würden, hat er hauptsächlich unerfahrene Rekruten geschickt, deren Verlust am ehesten zu verkraften war. Und er hat Valar das Kommando übertragen, weil er sowieso vorhatte ihn zu töten und Valar einer der wenigen war, denen man zutrauen konnte, Ras Truppen selbst mit einem solchen Haufen von Kindern längere Zeit Widerstand zu leisten. So einfach ist das."

Teal'c schwieg einige Sekunden lang erschüttert.

„Das ist grausam", presste er schließlich hervor.

„Es ist Goa'uld-Logik. Du musst lernen, so wie sie zu denken, nur dann wirst du ihre Fehler erkennen, die du für dich nutzen kannst. Das ist etwas, das ich dir nicht beigebracht habe, das kannst du nur ganz allein lernen. Aber offenbar hast du ja bereits damit begonnen und hast einen Weg gefunden, Apophis' Überheblichkeit so für dich zu nutzen, dass du Valars Leben verschonen konntest."

„Woher..."

„Ich mag allmählich alt werden, aber du solltest mich trotzdem nicht unterschätzen. Ich kann noch sehr gut zuhören und meine Schlüsse ziehen. Als du von dem Zwischenfall berichtet hast, wusste ich, dass du Valar verschont hast. Wenn er um sein Leben gekämpft hätte und es ihm gelungen wäre, dem jungen Krieger die Waffe zu entreißen, dann hätte er sie mit Sicherheit zuerst auf den gefährlicheren Gegner abgefeuert, also auf dich, nicht auf den unbewaffneten Jungen. Vergiss nicht, dass ich euch beide ausgebildet und euch beigebracht habe, wie man am Leben bleibt. Apophis würde ein solches Detail niemals auffallen, weil es für ihn unter seiner Würde ist, sich in die Gedankengänge eines Jaffa einzufühlen. *Du* hast den Krieger getötet, und es war *sein* Symbiont, den du Apophis gebracht hast."

Sein letzter Satz war keine Frage, sondern nur noch eine Feststellung, auf die er keine Antwort erwartete.

„Und was geschieht jetzt?", fragte Teal'c nach einigen Sekunden dumpf.

„Sei unbesorgt, von mir wird niemand von deinem Verrat erfahren. Du bist ein hohes Risiko eingegangen, doch ich wäre von dir enttäuscht gewesen, wenn du dich anders verhalten hättest. Sieh es als *meine* abschließende Prüfung an, ob du für dieses Amt bereit bist. Und jetzt komm, eine Menge neuer Aufgaben warten auf dich."

Er drehte sich um und ging den Gang entlang. Nach kurzem Zögern folgte ihm Teal'c, unendlich erleichtert darüber, dass er sich in Bra'Tak nicht getäuscht hatte.

PLANET DES GRAUENS

1

„Ich wusste, dass irgendetwas an Ihrer Theorie nicht stimmt“, raunte Sam leise. Sie hatten sich ganz in das Haus zurückgezogen, und spähten vorsichtig durch eine glaslose Fensteröffnung ins Freie. „Kein Goa'uld würde die Bevölkerung eines ganzen Planeten töten ohne dies zur Abschreckung publik zu machen, und sich dann einfach wieder zurückziehen.“

Bei ihrem Versteck musste es sich früher um ein Geschäft ähnlich einem Supermarkt auf der Erde gehandelt haben. Es gab Regale und Verkaufsdisplays, doch die meisten waren zerstört oder zumindest umgestürzt. Auch hier hatte der Kampf unerbittlich getobt. Überall auf dem Boden lagen noch Überreste der einstmals hier angebotenen Waren, bunte Dosen und Verpackungen aus Kunststoff und anderen Materialien.

„Anscheinend hat Apophis den Planeten in Besitz genommen, und damit gegen das Verbot der Systemlords verstoßen“, gab Daniel ebenso leise zurück. „Ich könnte mir vorstellen, dass er zusammen mit Heru'ur eine Teufelei ausgeheckt hat.“

„Aber nein, begreifst du denn nicht?“, widersprach Sam. „Es ist eine Falle! Er will gar kein Bündnis mit Heru'ur schließen, sondern ihn vernichten. Vielleicht unterscheidet sich sein Plan sogar gar nicht so stark von unserem, und er hat selbst bereits einige Minen so umprogrammiert, dass sie Heru'urs Schiff angreifen und vernichten, sobald er hier auftaucht."

„Verdammt." Daniel biss sich auf die Unterlippe. „Das müssen wir verhindern, Heru'urs Tod würde uns nichts nützen. So sehr mir der Gedanke auch missfällt, aber wenn es wirklich so ist, müssen wir ihn irgendwie warnen."

„Dabei würde ich lieber den Kerlen da draußen in den Hintern treten", erklärte Sam grimmig. „Wenn es nicht ganz so viele wären... Was machen sie denn jetzt?"

Die Jaffa befanden sich mittlerweile auf gleicher Höhe mit ihnen. Sie waren stehen geblieben, betrachteten den Boden und redeten aufeinander ein.

„Weg hier!", stieß Daniel hervor. Er begriff, dass sie offenbar im Gras und niedrigen Strauchwerk am Boden Spuren hinterlassen hatten, die den Jaffa nicht verborgen geblieben waren.

Sam und Daniel zogen sich tiefer in das Haus zurück. Als er einen letzten Blick in Richtung des Fensters warf, sah er, dass sich die Jaffa dem Gebäude mit schussbereiten Strahlenlanzen näherten.

„Das hat uns gerade noch gefehlt", knurrte er, während sie durch einen breiten Korridor hetzten. Durch eine aus dem Rahmen gerissene Tür gelangten sie auf einen kleinen Hof, der ringsum von weiteren Häusern begrenzt wurde.

„Und wohin jetzt?", fragte Sam. Hinter ihnen war bereits das Poltern schwerer Schritte zu hören.

„Ist doch egal, nur weg hier." Daniel deutete fast wahllos auf eine Tür, die in ein weiteres Gebäude führte. „Wir müssen sie abhängen und so schnell wie möglich aus diesem Viertel raus. Wahrscheinlich wird es schon bald von den Kerlen hier nur so wimmeln."

Sie rannten über den Hof. Als sie die Türöffnung erreicht hatten, erscholl hinter ihnen ein scharfer Befehl. Fast gleichzeitig explodierte unmittelbar neben ihnen die Energieladung einer Strahlenlanze und überschüttete sie mit einem Hagel scharfkantiger kleiner Gesteinssplitter.

Im nächsten Moment befanden sie sich im Inneren des Gebäudes und waren damit aus der unmittelbaren Schusslinie, doch verschaffte auch das ihnen nur einen Aufschub von wenigen Sekunden.

Bei dem Raum schien es sich um eine Art Lager zu handeln, denn zahlreiche unterschiedlich große Container und andere Behälter standen hier. Daran schloss sich ein weiteres Geschäft an, durch das sie auf eine Einkaufsgalerie gelangten, über der sich ein gläsernes Dach spannte. Sie war nicht so stark wie die offenen Straßen von Pflanzen überwuchert. Nur an einigen Stellen war der Asphalt geborsten und dort spross Unkraut aus den Rissen.

Allerdings musste Daniel erkennen, dass die grüne Decke auch ihr Gutes hatte. Sie war wie ein Leichentuch, das gnädig die Gräuel des Krieges überdeckte, der auf Tobin getobt hatte. In der Passage jedoch lagen die skelettierten Leichen immer noch offen herum, und es waren viele, erschreckend viele. Auch zahlreiche Kinder befanden sich darunter. Die Jaffa mussten wie die Bestien gewütet und ungeachtet seines Alters oder Geschlechts jeden Tobin niedergemetzelt haben, den sie erblickt hatten.

„Komm schon!“, rief Sam.

Ungeachtet der Gefahr hatte Daniel angesichts des schrecklichen Bildes, das sich ihm bot, unwillkürlich seine Schritte verlangsamt, und Sam besaß bereits einen Vorsprung von mehreren Metern. Sie rannte auf die Fassade eines schräg gegenüberliegenden Geschäfts zu, in dessen zerstörten Schaufenstern die Reste von Kleidungsstücken lagen.

Daniel rannte schneller, um zu ihr aufzuschließen. Ihm blieb keine Zeit, den Toten auszuweichen, weshalb er einfach mit weiten Sätzen über sie hinwegsprang.

Dicht neben einem erwachsenen Toten lag direkt vor ihm das Skelett eines Babys. Seine Stirn war zerschmettert, und der Griff eines Messers ragte daraus hervor. Das Bild war so schrecklich, dass Daniel für einen Moment abgelenkt war. Er kam aus dem Tritt und blieb mit dem Fuß an einem Hindernis hängen. Es gelang ihm nicht, das Gleichgewicht zu halten. Er stürzte nach vorne und schlug der Länge nach hin. Das Gewehr entglitt seinen Händen und schlitterte einige Meter davon.

Fluchend rappelte sich Daniel wieder auf. Glücklicherweise hatte er sich außer ein paar Schürfwunden an den Händen und einigen Prellungen keine Verletzungen zugezogen. Mit einem Sprung war er bei seinem Gewehr, hob es auf und feuerte fast blindlings einige Schüsse in die Richtung ab, aus der er gekommen war. Er traf niemanden, aber immerhin zwang er die Jaffa, die die Einkaufspassage gerade erreicht hatten, zurück in Deckung.

Zwei Strahlenschüsse blitzen auf, doch waren sie ebenfalls nicht besonders gut gezielt und verfehlten ihn weit.

Noch einmal feuerte Daniel nach hinten, ohne sich auch nur umzublicken, dann warf er sich mit einem weiten Satz in die Deckung eines Hauseinganges.

„Sam?“

Er bekam keine Antwort, und als er sich umblickte, stellte er fest, dass er sich in einem völlig anderen Geschäft befand als dem, in das sie gelaufen war. Er hatte seine Richtung ändern müssen, um sein Gewehr aufzuheben, und dann hatte er einfach im nächstgelegenen Gebäude Schutz gesucht.

Während er auf der Suche nach einem Hinterausgang durch das Geschäft hastete, griff er nach seinem Funkgerät, doch seine Hand fasste ins Leere. Ein siedend heißer Schreck durchfuhr ihn. Das Gerät befand sich nicht mehr in der Halterung an seinem Gürtel. Wahrscheinlich hatte er es bei seinem Sturz ebenfalls verloren.

Er hatte Sam verloren und besaß keine Möglichkeit mehr, mit ihr Kontakt aufzunehmen. Von nun an stand er allein gegen die Übermacht der Jaffa.

2

Der Schock war so groß, dass O'Neill einige Augenblicke lang wie gelähmt stehen blieb und den Replikator anstarrte. Erst dann riss er mit einem Fluch sein Gewehr hoch und feuerte einen Schuss auf die Kreatur ab. Das großkalibrige Projektil ließ den Replikator in kleine Metallstücke zerplatzen, doch hinter ihm drängten schon weitere heran.

O'Neill zerstörte drei weitere von ihnen, dann sah er ein, dass er auf diese Art nicht weiter kam. Es waren einfach zu viele, für jeden, den er vernichtete, tauchten zwei oder drei weitere im Lichtkreis seiner Taschenlampe auf.

Er fuhr herum und begann wieder zu rennen, in einen der Stollen auf der gegenüberliegenden Seite des unterirdischen Gewölbes. Nun wusste er, wieso die Tobin ausgestorben waren. Von allen Gefahren, die dieser Planet bieten konnte, musste es ausgerechnet die schrecklichste sein, die es überhaupt nur gab.

Replikatoren waren keine Lebewesen sondern künstliche Geschöpfe, und sie waren auch nicht intelligent im eigentlich Sinne. Wie Sam einmal erklärt hatte, stellte das, was man als ihr Gehirn bezeichnen konnte, so etwas wie einen perfekt anpassungsfähigen Computervirus dar, auch wenn O'Neill die wissenschaftlichen Grundlagen niemals begriffen hatte.

Sehr wohl begriffen hatte er jedoch, dass das einzige Lebensziel der Replikatoren die Erhaltung und Ausbreitung ihrer Art war. Sie besaßen die Fähigkeit, jegliche feste Materie zu assimilieren um sich selbst zu reproduzieren, doch zogen sie Edelmetalle vor, da ein Replikator stets auch die physikalischen Eigenheiten des Stoffes behielt, aus dem er entstand. Ein Replikator aus Holz konnte durch Feuer vernichtet werden, während es einer Kreatur aus Metall nichts anhaben konnte.

Schon eine einzige dieser Kreaturen stellte eine tödliche Bedrohung für einen ganzen Planeten dar, da sie sich binnen kürzester Zeit nach dem Schneeballsystem selbst vervielfältigen konnte.

Doch ihre Fähigkeit sich ungeheuer schnell auszubreiten, der nur durch die ihnen zur Verfügung stehende „Nahrungsmenge" begrenzt wurde, war nicht die einzige Gefahr, die von ihnen ausging. Darüber hinaus waren sie auch in der Lage, jedes programmierbare elektronische Steuersystem zu übernehmen, bis hin zur Kontrolle über komplette Raumschiffe.

Niemand wusste mehr, wer die Replikatoren einst erschaffen hatte, denn ihre Erbauer waren auch ihre ersten Opfer gewesen. Die Asgard hatten die Kreaturen auf dem Planeten eines ausgestorbenen Volkes gefunden und einige von ihnen zu Forschungszwecken in ihr Schiff geholt. Die

Gefahr hatten sie erst erkannt, als es schon zu spät gewesen war. Die Replikatoren hatten die Kontrolle über das Schiff übernommen, dann immer rascher über weitere. Seither führten die Asgard in ihrer Heimatgalaxis einen erbitterten Krieg gegen sie, doch obwohl ihre Zivilisation der irdischen um Jahrtausende voraus war, drohten sie den Kampf zu verlieren. Wenn es ihnen gelang, ein Schiff der Replikatoren zu vernichten, schafften diese es im Gegenzug, zwei andere unter ihre Kontrolle zu bringen. Jede Waffe der Asgard richtete sich schon nach kurzer Zeit gegen sie selbst, sodass die Macht der Replikatoren beständig wuchs.

O'Neill hatte keine Ahnung, wie die künstlichen Kreaturen hierher gekommen waren, doch zweifellos stellten sie den Grund dar, warum die Goa'uld den Planeten zur verbotenen Zone erklärt hatten. So wie Tobin würde es auch jeder anderen Welt ergehen, auf die nur ein einziger Replikator unbemerkt gelangte. Die von den Goa'uld drohende Gefahr war dagegen geradezu harmlos.

Der Stollen, durch den O'Neill hetzte, glich exakt dem, aus dem er gekommen war. Nirgendwo schien es einen Weg zurück zur Oberfläche zu geben, dabei war es jetzt dringender denn je, dass er es dorthin schaffte. Es ging nicht länger nur um ihn, sondern er musste Sam und Daniel warnen und vor allem Jakob. Wenn dieser ahnungslos landete, um sie wieder abzuholen, und die Replikatoren sein Schiff in ihre Gewalt brachten, waren die Konsequenzen für zahlreiche bewohnte Welten nicht abzusehen.

Er selber wäre auch an der Oberfläche nicht in der Lage, selbst mit Jakob zu sprechen, dazu war die Reichweite seines Funkgeräts zu begrenzt. Sam hatte jedoch von ihrem Vater eine Kommunikationskugel erhalten, durch die sie mit ihm Verbindung aufnehmen konnte. Es reichte also, wenn er sie informierte, falls sie und Daniel nicht schon selbst auf die Gefahr aufmerksam geworden waren.

Hinter sich hörte er das Klacken der metallischen Beine. So schnell er auch rannte, die Replikatoren holten auf. Hier, wo er keine Möglichkeit hatte sie aufzuhalten oder ihnen auch nur Hindernisse in den Weg zu legen, waren sie in jedem Fall um ein Vielfaches schneller als er. Wahrscheinlich hätten sie ihn schon längst einholen können, wenn sie es wirklich darauf angelegt hätten, aber bislang schien irgendetwas sie noch zurückzuhalten.

Die Frage war nur, wie lange noch ...

3

Daniel wusste, dass er so gut wie verloren war, dennoch gab er nicht auf. Er hatte das Gefühl, bereits durch nahezu das ganze Viertel gehetzt zu sein, von einem Haus ins nächste, doch es war ihm nicht gelungen, die Jaffa abzuschütteln. Mehrfach waren sie ihm so nahe gekommen, dass sie auf ihn geschossen hatten, und er war dem Tod nur um Haaresbreite entronnen. Die Strahlenlanzen waren Waffen von fürchterlicher Vernichtungskraft, doch sie waren nicht besonders präzise. Nur diesem Umstand verdankte er noch sein Leben.

Nun jedoch schien ihn sein Glück verlassen zu haben. Das Haus, in dem er sich befand, besaß keinen Hinterausgang, was an sich kein Problem war. Er hätte mühelos durch eines der Fenster klettern können, doch inzwischen waren weitere Jaffa eingetroffen, die die rückwärtige Straße kontrollierten. Wenn er das Haus verließ, lief er ihnen geradewegs in die Arme. Er war umzingelt.

Sein einziger Vorteil bestand darin, dass die Jaffa nicht wussten, in welchem Haus er sich genau befand. Er musste ein Versteck finden.

Eine Treppe führte in die oberen Stockwerke des Gebäudes, wo sich über dem Ladenlokal Wohnungen befanden. In der ersten Etage gab es fünf Türen, doch waren sie alle verschlossen. Er hetzte eine weitere Treppe hinauf und hatte Glück. Hier standen mehrere Türen offen, eine war sogar gewaltsam aus ihrer Verankerung gerissen worden. Daniel stürmte in eine der Wohnungen und blickte sich um.

Die Zivilisation der Tobin war der irdischen sehr ähnlich, das hatte alles gezeigt, was er bislang gesehen hatte. Kein Wunder, handelte es sich doch auch um die Nachkommen einst von der Erde entführter Menschen. Die Ähnlichkeiten endeten jedoch beim Geschmack beim Einrichten ihrer Wohnungen. Ein wenig fühlte sich Daniel in die Kulissen eines schlechten SF-Films aus den sechziger Jahren versetzt. Es gab nur einen einzigen riesigen Raum, der zum Schlafen, Kochen und Wohnen diente. Alles war völlig zweckmäßig und spartanisch eingerichtet. Glänzendes Chrom dominierte. Die Sitzmöbel besaßen eine so eigenwillige Form, dass sie auf der Erde als Designerobjekte durchgegangen wären. In eine Wand war ein großer Bildschirm eingelassen, offenbar das Äquivalent eines Fernsehers, ansonsten waren – abgesehen von der Fensterfront – sämtliche Wände von Regalen bedeckt, auf denen die Gegenstände des alltäglichen Gebrauchs standen und lagen. Alles war offen, Schränke oder dergleichen schien es nicht zu geben, und damit auch keinerlei Möglichkeit, sich zu verstecken.

Mehrere Tote lagen in der Wohnung, darunter auch vier Kinder, doch wandte Daniel den Blick rasch wieder ab und eilte weiter. Seine ohnehin nur geringe Hoffnung, dass es sich vielleicht nur um die Unterkunft einer besonders exzentrischen Familie handeln könnte, löste sich auf, als er die nächste Wohnung erreichte, die auf ganz ähnliche Art eingerichtet war.

Aus dem Erdgeschoss erschollen schwere Schritte, und einige Befehle in der Sprache der Goa'uld wurden gerufen. Die Jaffa begannen damit, das Haus zu durchsuchen.

Daniel huschte eine weitere Treppe ins oberste Stockwerk hinauf. Auch hier gab es mehrere Wohnungen, von denen keine auch nur das geringste Versteck bot.

Die letzte von ihnen war deutlich kleiner als die anderen, offenbar eine Art Junggesellenapartment. An einem Tisch saß ein Toter, der sich seiner nach hinten gesackten Haltung zufolge, in der er auf dem Stuhl saß, selbst getötet hatte. Vor ihm auf dem Tisch lagen einige Bögen heller Folie, auf denen er bis zu seinem Tod geschrieben zu haben schien, denn der oberste Bogen war zur Hälfte mit Schriftzeichen bedeckt.

Daniel trat ans Fenster und blickte hinaus. Vor dem Haus und auch auf den angrenzenden Straßen, soweit er sie überblicken konnte, wimmelte es von Jaffa, es gab keinen Fluchtweg mehr und auch kein Versteck. Er konnte nur noch warten, bis man ihn fand, und versuchen, sein Leben so teuer wie möglich zu verkaufen. Lieber würde er sterben, als in die Gefangenschaft von Apophis zu fallen.

Da er ohnehin nichts anderes tun konnte als zu warten, griff er nach dem Blatt, auf dem der Tobin geschrieben hatte. Die Folie war so hauchdünn, dass er sie kaum zwischen den Fingern spürte, aber dennoch deutlich widerstandsfähiger als Papier. Es bereitete ihm keine Schwierigkeit, die Schriftzeichen zu entziffern.

Die Jaffa sind überall, und niemand weiß, woher sie gekommen sind, las er. *Vielleicht mit getarnten Raumschiffen, vielleicht gibt es aber auch irgendwo auf Tobin ein SternenTor, von dem wir nichts wissen. Sie tauchen wie aus dem Nichts auf, und es werden immer mehr. Mit unglaublicher Brutalität brechen diese Bestien jeden Widerstand, und sie töten jeden, den sie entdecken. Es gibt kaum noch Tobin, nur noch Jaffa. Sie durchkämmen die Häuser. Ich höre sie in den Wohnungen unter mir kämpfen. Es kann nur noch Minuten dauern, bis sie mich finden, aber ehe ich mich von ihnen töten lasse, richte ich mich lieber selbst.*

Daniel ließ die Folie sinken. So ähnlich hatte er sich das Drama vorgestellt, das sich hier abgespielt hatte. Jetzt befand er sich in fast der gleichen Situation wie einst der Tobin. Auch ihm näherten sich die Jaffa, und auch für ihn gab es keinen Ausweg mehr.

Nur würde er sich nicht selbst töten, sondern bis zum letzten Atemzug kämpfen.

4

Die unterirdische Halle, in die der Stollen mündete, sah fast genauso aus wie die, in der O'Neill vorher gewesen war, doch gab es zwei Unterschiede. Zum einen gab es hier keine Metallsäule, dafür fehlte dort, wo sie sich in der anderen Kammer befunden hatte, ein mehrere Meter durchmessender Teil der Decke, durch den Tageslicht hereinfiel und den Raum mit Zwielicht erfüllte. Erst bei genauerem Hinsehen entdeckte O'Neill, dass der Teil nicht fehlte, sondern auf den Boden herabgesunken war und dort wie eine Plattform lag. Anscheinend handelte es sich um eine Art Hebebühne, über die die Tobin nach oben oder unten befördert wurden. Deshalb gab es auch keine Treppe oder sonst einen Aufgang wie bei irdischen U-Bahn-Stationen.

Denn dass es sich tatsächlich um eine solche handelte, bewies der Zug, der vor einem der abzweigenden Stollen stand. Er sah etwas aerodynamischer und futuristischer als ein irdischer Zug aus, dennoch gab es keinen Zweifel, dass es sich um einen solchen handelte.

Auch entdeckte O'Neill mindestens ein Dutzend skelettierte Leichen, die in der Halle lagen. Die meisten von ihnen hielten fremdartig aussehende Waffen in den Händen, die sie jedoch nicht vor den Replikatoren hatten retten können.

Gehetzt blickte er sich um. Die Öffnung in der Decke nutzte ihm nichts, da sie sich gut fünf Meter über seinem Kopf befand. Er konnte nur weiter in einen der anderen Stollen fliehen.

Während er durch die Halle hastete, kam er dicht an einem der Toten vorbei. Dessen Brustkorb war zerschmettert, die Knochen an den Rändern der Verstümmelung leicht geschwärzt. Er sah aus, als wäre er eher das Opfer einer Strahlenlanze oder einer anderen Energiewaffe geworden als das eines Replikators, doch O'Neill hatte andere Probleme als sich darüber Gedanken zu machen.

Er hatte den Eingang des Stollens fast erreicht, als hinter ihm die Replikatoren die Station erreichten und sich wie eine krabbelnde metallische Flutwelle über den Boden der Halle verteilten.

Während O'Neill einen Blick über die Schulter zurückwarf, hätte er um ein Haar die Tür in der Wand ein Stück neben dem Eingang des Stollens übersehen, weil ihr dunkles Metall sich kaum gegen das sie umgebende Gestein abhob. Aber es war eine Tür, zweifelsohne, und es gab sogar eine Klinke.

Bitte, lass sie nicht abgeschlossen sein! flehte er in Gedanken und drückte die Klinke nach unten. Sein lautloses Gebet schien nicht erhört zu werden, denn die Tür schwang nicht auf, als er dagegen drückte.

Schon wollte er resigniert aufgeben und weiter fliehen, als sie doch ein kleines Stück nachgab. Sie war nicht verschlossen, sondern die Angeln lediglich völlig eingerostet. Die Replikatoren hatten bereits die Hälfte der Distanz zu ihm überwunden, und dieser Anblick gab ihm Kraft, seine Anstrengungen noch einmal zu verstärken. Mit seinem ganzen Körpergewicht warf er sich mehrfach gegen die Tür. Das verrostete Metall der Scharniere kreischte protestierend, doch es gelang ihm, die Tür so weit aufzustemmen, dass er durch die Öffnung schlüpfen konnte. Auf der anderen Seite stemmte er sich erneut mit aller Kraft gegen die Tür, um sie wieder zu schließen. Nachdem sich der schlimmste Rost einmal gelöst hatte, fiel es ihm jetzt deutlich leichter.

O'Neill wusste, dass er die Replikatoren auch dadurch nicht lange aufhalten konnte. Sie würden sich durch das Metall fressen und es assimilieren, aber er hoffte, wenigstens einige wertvolle Minuten zu gewinnen.

Erst als er die Tür wieder völlig geschlossen hatte, wandte er sich um. Wie er es erhofft hatte, befand er sich in einem Treppenschacht, vermutlich ein Notausgang für den Fall, dass die Hebebühne aus irgendwelchen Gründen ausfiel.

„Das verdammte Ding funktioniert seit hundert Jahren

nicht mehr, und wenn das kein Notfall ist, dann weiß ich es nicht", knurrte er keuchend. „Bitte, jetzt nur noch ein Ausgang da oben, und ich schwöre, dass ich nach meiner Rückkehr zur Erde eine Woche lang jeden Tag eine Kerze in der Kirche anzünde!"

Breite steinerne Stufen führten in die Höhe. Ohne zu zögern stürmte O'Neill sie hinauf, und diesmal schien sein Gebet erhört worden zu sein. Helles Tageslicht fiel ihm entgegen. Die Treppe endete in einem kleinen Pavillon, dessen Wände wohl ursprünglich aus Glas bestanden hatten. Jetzt gab es nur noch vier stählerne Träger, auf denen ein spitzes Dach ruhte.

Für einige Sekunden war O'Neill fast blind, dennoch hatte er sich selten so sehr darüber gefreut, von grellem Sonnenlicht geblendet zu werden. Er machte einige Schritte auf die von Pflanzen überwucherte Straße hinaus und zog sein Funkgerät.

„Carter, Daniel, könnt ihr mich hören?"

„Ich höre Sie, Sir", ertönte nach einigen Sekunden Sams Stimme. Sie klang gehetzt und atmete keuchend. „Seien Sie vorsichtig! Apophis' Krieger haben den Planeten besetzt. Ich habe bereits mit Dad Verbindung aufgenommen, aber er kann uns hier auch nicht helfen. Die Lage sieht ziemlich schlecht aus. Ich habe mich in einem der Häuser verschanzt, und im Moment kann ich mir die Jaffa noch vom Hals halten, aber ich weiß nicht, wie lange ich ..."

„Carter, halten Sie den Mund und hören Sie mir zu!", fiel O'Neill ihr ins Wort. „Wovon sprechen Sie überhaupt? Jaffa? Zur Hölle, ich hatte in den unterirdischen Stollen gerade eine Begegnung mit ein paar hundert Replikatoren und bin ihnen nur mit knapper Not entkommen. Auf dem Planeten können keine Jaffa sein, sonst wären diese Ungeheuer längst über sie hergefallen. Replikatoren töten ohne Unterschied alles und jeden. Es ist unmöglich, dass ..."

Aus den Augenwinkeln nahm er eine Bewegung wahr. Als wären sie gekommen um seine Behauptung sofort zu widerlegen, trat eine Patrouille schwer bewaffneter Jaffa aus einer Nebenstraße auf die Straße, auf der er sich befand. Reaktionsschnell warf sich O'Neill hinter einer farnähnlichen Buschgruppe in Deckung. Anscheinend hatte er noch einmal Glück gehabt, denn die Jaffa hatten ihn nicht bemerkt.

„Sir, was ist los?", drang Carters Stimme aus dem Funkgerät.

„Sie sind hier, ich sehe sie", stieß O'Neill leise hervor. „Ich melde mich später wieder."

Noch hatten die Jaffa ihn nicht entdeckt, doch kamen sie die Straße entlang auf ihn zu. Ihr Weg würde sie kaum einen Meter von dem Gestrüpp entfernt vorbeiführen, und spätestens wenn sie sich auf gleicher Höhe mit ihm befanden, würden sie ihn sehen.

Er musste fliehen.

Flach auf den Boden gepresst kroch er ein Stück zurück. Er wandte den Kopf, um nach einem Versteck zu suchen und blickte direkt in die facettenhaft funkelnden Augen eines Replikators.

DIE ERKENNTNIS

1

Die Sekunden reihten sich für Daniel zu Ewigkeiten, während die Jaffa das Stockwerk unter ihm durchsuchten und ihre Schritte schließlich auf der Treppe zu dieser Etage zu hören waren. Er hatte sich neben dem Eingang der Wohnung an die Wand gepresst und packte sein Gewehr fester.

Angespannt lauschend wartete er, als er merkte, wie seine Nase plötzlich wieder zu kribbeln begann. Nicht niesen, bloß nicht niesen! Wenn die Jaffa ihn hörten, verlor er das Überraschungsmoment, den einzigen Vorteil, den er auf seiner Seite hatte. Rasch holte er das Spray aus der Tasche und sprühte einen Stoß in jedes Nasenloch.

Wenn ich schon sterbe, dann wenigstens nicht mit laufender Nase, dachte er zynisch. Er verstaute das Spray wieder und lauschte auf die Schritte der Jaffa, um auf diese Art festzustellen, wie weit sie noch von ihm entfernt waren.

Er hörte nichts.

Einige Sekunden lang wartete er, schließlich eine ganze Minute, eine zweite, doch es herrschte absolute Totenstille. Bislang hatten die Jaffa sich keinerlei Mühe gegeben leise zu sein, und es war ihnen auch praktisch unmöglich, sich in ihren schweren Rüstungen geräuschlos zu bewegen.

Vorsichtig schob Daniel den Kopf vor und spähte um den Türrahmen. Nirgendwo war etwas von den Jaffa zu entdecken. Hatten sie darauf verzichtet, auch noch die letzten Wohnungen zu durchsuchen, weil sie davon ausgingen, dass er sich doch nicht hier befand? Aber selbst wenn, so hätte er hören müssen, wie sie die Treppe wieder hinunterpolterten.

Noch einmal wartete er eine knappe Minute, dann trat er so lautlos wie möglich mit schussbereit erhobenem Gewehr auf den Gang hinaus. Er spähte in die anderen Wohnungen, doch nirgendwo waren die Jaffa zu entdecken. Es schien, als hätten sie sich in Luft aufgelöst.

Schließlich fiel ihm noch etwas auf. Der durch das Haus streichende Wind verhinderte, dass sich auf dem Boden Staub ansammelte, doch gab es zumindest eine dünne Schicht, in der sich, wenn er genauer hinsah, schwach seine Fußabdrücke abzeichneten.

Nur seine. Es gab keine Abdrücke der Jaffa, auch nicht an der Treppe, dabei hatte er deutlich gehört, dass sie bereits in diesem Stockwerk ausschwärmten. Es schien, als wären sie niemals dagewesen.

Niemals dagewesen, echote der Gedanke in seinem Kopf.

Er trat an eines der Fenster und blickte hinaus. Auch auf den Straßen, wo zuletzt noch überall Jaffa patrouilliert hatten, hielt sich jetzt kein einziger mehr auf.

Die Jaffa sind überall, und niemand weiß, woher sie gekommen sind. Sie tauchen wie aus dem Nichts auf, und es werden immer mehr. Es gibt kaum noch Tobin, nur noch Jaffa, wiederholte er einige Sätze aus den Aufzeichnungen des Tobin.

War es möglich, dass die Jaffa vielleicht wirklich niemals hier gewesen waren? Dass es sich nur um eine Illusion handelte, eine Halluzination?

Es gibt kaum noch Tobin, nur noch Jaffa!

Waren sie womöglich in Wahrheit identisch gewesen? Hatten die Tobin sich nur *eingebildet*, Jaffa zu sehen, die in Wirklichkeit gar nicht vorhanden waren?

Oder – noch schlimmer – hatte es sich um sie selbst gehandelt, und sie hatten sich gegenseitig abgeschlachtet, weil sie geglaubt hatten, es mit Jaffa zu tun zu haben? Ehemänner ihre Frauen, Frauen ihre Männer, Eltern ihre Kinder – die Vorstellung war zu schrecklich, als dass Daniel sie sich weiter ausmalen wollte.

Vielleicht handelte es sich um einen unbekannten Virus oder irgendwelche halluzinogenen Sporen, die selbst die Tok'ra-Sensoren nicht aufgespürt hatten. Möglicherweise eine bestialische biologische Waffe der Goa'uld, die sie eingesetzt hatten, um keinen verlustreichen Bodenkrieg auf Tobin führen zu müssen, vielleicht auch etwas, das von den Tobin selbst entwickelt wurde und irgendwie aus einem Labor entwichen war. Das würde sich wohl nicht mehr herausfinden lassen. Auf jeden Fall schienen die Goa'uld die Gefahr zu kennen, und deshalb hatten sie den Planeten zur verbotenen Zone erklärt.

Warum aber war die Wirkung bei ihm so plötzlich erloschen? In Gedanken rekapitulierte Daniel noch einmal, was er getan hatte. Er hatte die Aufzeichnungen gelesen und aus dem Fenster gesehen, hatte an die Wand gelehnt gewartet und plötzlich niesen müssen... Er zuckte zusammen, als hätte er einen Stromschlag bekommen. Er holte das Fläschchen mit dem Nasenspray aus der Tasche und betrachtete es zweifelnd. Es war ein ziemlich starkes Mittel mit beigemengten Antibiotika, das es nicht auf dem freien Markt, sondern nur beim Militär gab.

Haben Sie mal auf dem Beipackzettel Ihres Schnupfensprays nachgelesen, ob es eventuell Nebenwirkungen wie

Realitätsverlust gibt?, meinte er noch einmal eine von O'Neills spöttischen Bemerkungen zu hören.

Die Wahrheit sah genau entgegengesetzt aus. Es gab keine andere Erklärung, einer der Wirkstoffe des Sprays hob die Wirkung der Wahnvorstellungen auf.

Irgendwo nicht allzu weit entfernt klangen plötzlich Schüsse auf. Sam oder Jack, die immer noch glauben mussten, gegen imaginäre Jaffa oder sonst irgendwelche Monster zu kämpfen. Er musste sie finden und dazu bringen, ebenfalls das Spray zu benutzen.

Aufgeregt stürmte Daniel die Treppe hinunter und verließ das Haus. Das Gewehrfeuer erklang nun fast ununterbrochen, sodass er sich daran orientieren konnte.

Einige Minuten lang irrte er durch die Straßen der toten Stadt, bis er einen Torbogen erreichte, hinter dem sich ein Hof erstreckte, aus dem die Schüsse erklangen. In einer Ecke des Hofes hatte Sam hinter einem Wall aus Geröll Deckung gesucht. Wenn es für Daniel noch einen letzten Beweis für die Richtigkeit seiner Theorie bedurft hätte, so bekam er ihn jetzt geliefert. Alle paar Sekunden richtete sich Sams Blondschopf hinter der Deckung auf und sie gab einige Schüsse ins Leere ab, wo sie angreifende Jaffa zu sehen glaubte. Im Gegensatz zu den Tobin, die sich gegenseitig umgebracht hatten, hatte sie es wenigstens nicht mit realen Gegnern zu tun, die das Feuer erwiderten, selbst wenn sie sich das einbilden mochte. „Sam, ich bin es, Daniel!", rief er. „Hören Sie auf zu schießen!"

„Daniel? Wo sind Sie?"

Immerhin erkannte sie seine Stimme. Vorsichtig trat er durch den Torbogen, bereit, sofort wieder in Deckung zu springen, falls sie ihn für einen Feind halten und auf ihn schießen sollte.

„Daniel sind Sie wahnsinnig? Gehen Sie in Deckung, oder die Jaffa werden Sie…" Sie drehte sich zur Seite und gab drei Schüsse auf eine völlig leere Türöffnung zu einem der angrenzenden Gebäude ab.

„Hören Sie auf zu schießen Sam! Es *gibt* hier keine Jaffa!", rief Daniel ihr zu. Wahrscheinlich bot er für sie einen äußerst seltsamen Anblick, wie er mitten durch das Feuer eingebildeter Angreifer schritt. „Es ist eine Art Droge. Glauben Sie nicht, was sie sehen, es sind nur Halluzinationen. Ich weiß, dass das schwer zu glauben ist, aber wenn Sie mir jemals vertraut haben, dann ist das der richtige Moment dafür."

Er wusste, dass er ein hohes Risiko einging, als er ohne jegliche Deckung über den Hof auf sie zueilte.

Sam blickte ihm fassungslos entgegen, aber wenigstens schoss sie nicht auf ihn. Erst als er sich nur noch wenige Schritte von ihrer Deckung entfernt befand, verzerrte sich ihr Gesicht plötzlich zu einer Grimasse des Schrecken.

„Du bist nicht Daniel!", brüllte sie und riss das Gewehr in seine Richtung herum.

Daniel warf sich zur Seite und kam mit einer Rolle wieder auf die Beine, während zwei Kugel dort durch die Luft pfiffen, wo er gerade noch gestanden hatte. Mit einem Sprung erreichte er Sam und schlug den Lauf des Gewehrs zur Seite.

Er wusste, dass er sich auf keinen langen Kampf einlassen durfte. Zwar vermochte auch er sich seiner Haut mittlerweile leidlich zu wehren, doch durch ihre langjährige Militärausbildung war Sam ihm weit überlegen.

Doch er hatte Glück. Durch den Aufprall war sie zurückgeschleudert worden, und er kam halb über ihr zu liegen. Zudem war sie hart mit dem Hinterkopf aufgeschlagen und kurzzeitig benommen, sodass sie nur fahrige und kraftlose Abwehrbewegungen machte. Daniel presste einen Arm gegen ihre Kehle, mit der anderen holte er das Spray hervor. Es gelang ihm nicht, ihr die Spitze ins Nasenloch zu drücken, weil sie den Kopf zu heftig bewegte, doch sprühte er mehrmals unmittelbar davor, sodass sie zwangsläufig einen Teil des Medikaments einsog.

Genau wie bei ihm setzte die Wirkung auch bei ihr fast sofort ein. Einige Sekunden lang wehrte sie sich noch gegen ihn und versuchte ihn abzuschütteln, dann erschlafften ihre Bewegungen plötzlich. Fassungslos starrte sie ihn an.

„Daniel? Was…“ Sie wandte den Kopf zur Seite. „Wo sind die Jaffa?“ Keuchend richtete Daniel sich auf, als er begriff, dass die unmittelbare Gefahr vorbei war.

„Das ist eine komplizierte Geschichte…“, begann er zu berichten.

2

Ungeachtet der Gefahr durch die näher kommenden Jaffa sprang O'Neill auf, im gleichen Moment, in dem sich auch der Replikator zum Angriff entschied. Er versetzte dem Metallmonster einen Tritt, der es rund einen Meter weit zurückschleuderte, und vernichtete es mit einem Gewehrschuss.

Anschließend fuhr er sofort zu den Jaffa herum. Sie hatten ihre Schrecksekunde über sein plötzliches Auftauchen noch nicht überwunden, starrten ihn an wie einen Geist. O'Neill gab mehrere Schüsse auf sie ab und sah, wie zwei von ihnen zusammenbrachen, dann hetzte er auf das nächstgelegene Haus zu.

Rechts und links von ihm schlugen die Energieentladungen von Strahlenlanzen ein, doch glücklicherweise erwiesen sich die Jaffa als miserable Schützen. Unverletzt erreichte er den Eingang des Hauses. Er schaltete seine Gewehr auf Dauerfeuer und schoss aus der Deckung des Eingangs heraus eine Salve auf die Jaffa ab, die seine Verfolgung aufnehmen wollten. Auf der Straße waren sie nahezu ungeschützt und wurden von der Salve niedergemäht.

Sein Triumph war allerdings nur von kurzer Dauer. Weitere Jaffa kamen bereits auf die Straße gestürmt. O'Neill schwenkte das Gewehr zu ihnen herum, doch als er abdrückte, gab die Waffe nur noch ein metallisches Klicken von sich. Das Magazin war leer, und da er nicht damit gerechnet hatte, auf Tobin in einen Kampfeinsatz verwickelt zu werden, trug er nur zwei Reservemagazine bei sich. Er würde sich seine restliche Munition sorgsam einteilen müssen, konnte es sich nicht mehr erlauben, ganze Salven abzufeuern.

O'Neill wechselte das leere Magazin gegen ein volles aus, während er durch das Gebäude hastete. Er fand ein Fenster, durch das er auf die an der rückwärtigen Seite verlaufende Straße gelangte. Hier waren noch keine Feinde zu entdecken, weder Jaffa noch Replikatoren. Er überquerte die Straße und verschwand in einem Gebäude auf der gegenüber liegenden Seite.

Wie war es nur möglich, dass sich die Jaffa unbehelligt von den Replikatoren hier aufhielten? Es war schlichtweg undenkbar, dass sie einen Pakt geschlossen hatten. Man konnte sich mit Replikatoren nicht verständigen, sowenig wie man mit irgendwelchen Krankheitserregern Abkommen schließen konnte. Der einzige Existenzzweck dieser mechanischen Seuche bestand darin sich zu vermehren, und dabei töteten sie jede biologische Lebensform.

O'Neill wusste nicht, wie lange er schon durch die leeren Gebäude und Straßenschluchten floh. Immer häufiger stieß er auf Jaffa-Patrouillen oder Replikatoren versperrten ihm den weiteren Weg. Viele Hunde waren des Hasen Tod, wie ein altes Sprichwort besagte, das auch hier zutraf.

Er wurde immer mehr in die Enge gedrängt, bis er schließlich in einem Haus festsaß, aus dem es keinen Fluchtweg mehr gab. Von einem Gebäude auf der gegenüber liegenden Straßenseite aus nahmen ihn Jaffa unter Beschuss. Zwischen ihnen und auf der Straße selbst wuselten Replikatoren wie in einem apokalyptischen Albtraumgemälde von Hieronymus Bosch herum. Auch der rückwärtige Ausgang wurde von ihnen versperrt.

Wahrscheinlich hätten sie ihn binnen Sekunden überrennen und töten können, seine Munition hätte nicht mehr ausgereicht, auch nur eine nennenswerte Anzahl von ihnen zu zerstören. Aber genau wie in den unterirdischen Stollen hielten sie sich zurück, und auch die Jaffa beschränkten sich darauf, gelegentliche Strahlenschüsse auf seine Deckung abzufeuern, obwohl auch sie zahlreich genug waren, dass sie das Gebäude vermutlich erfolgreich hätten stürmen können. Bei ihnen konnte er dieses Verhalten jedoch noch eher verstehen, denn ein Angriff hätte zahlreiche Opfer unter ihnen gefordert, und im Gegensatz zu den Replikatoren waren sie lebende Wesen.

„Colonel O'Neill, hören Sie mich?“, drang Sams Stimme aus dem Funkgerät.

„Hier O'Neill. Ich bin von Jaffa und Replikatoren eingekreist, Major. Ich fürchte, diesmal...“

„Wo sind Sie?“

„Mit Straßennahme und Hausnummer kann ich nicht dienen", entgegnete er mit Galgenhumor. Aber mir gegenüber befindet sich ein hohes Gebäude mit den Resten einer blauen Fahne auf dem Dach."

„Hören Sie, Colonel, ich weiß, das klingt unglaublich, aber ..."

Ihre weiteren Worte wurden von elektronischen Störgeräuschen überlagert, bis plötzlich die verzerrte Stimme eines Goa'uld aus dem Gerät drang.

„Talbet, Tau'ri!", befahl er.

O'Neill verstand die Sprache nicht annähernd so gut wie Daniel, aber auch er beherrschte einige Brocken. Der Goa'uld hatte ihn aufgefordert, sich zu ergeben.

„Fahr zur Hölle!", knurrte er und schaltete wütend das Funkgerät aus.

Ein wütender Beschuss folgte. In einem Chaos von Staub und Gesteinssplittern kroch O'Neill über den Boden zu einem anderen Fenster und spähte ins Freie.

Wie er erwartet hatte, sollte das Feuer mehreren Jaffa Schutz bieten, die aus den Häusern gegenüber gestürmt kamen. O'Neill tötete zwei von ihnen mit gezielten Schüssen. Einen dritten verfehlte er, doch sein Gegenfeuer reichte aus, dass die anderen sich zurückzogen. Es war das gleiche Ziel, das sich schon seit geraumer Zeit hinzog. Anscheinend warteten die Jaffa nur darauf, dass ihm die Munition ausging.

Nun, lange würden sie nicht mehr warten müssen, dachte er bitter. Mehrere Minuten verstrichen, in denen sich die Jaffa darauf beschränkten, immer wieder auf seine Deckung zu schießen. Wahrscheinlich würde es nicht mehr allzu lange dauern, bis die Fassade schlichtweg in sich zusammenbrach.

Einer der Jaffa rief ihm etwas zu. Obwohl die Jaffa ebenso wie die Goa'uld selbst aufgrund elektronischer Implantate fast jede Sprache verstehen und sprechen konnten, bediente er sich der Goa'uld-Sprache, sodass O'Neill kaum ein Wort verstand. Allerdings war unschwer zu erraten, dass es sich um Drohungen und weitere Aufforderungen zum Aufgeben handelte.

„Schert euch zum Teufel!“, brüllte er. „Wenn ihr mich kriegen wollt, müsst ihr mich schon holen!“

Ein weiterer Wortschwall folgte. Erst als er hinter sich ein leises Geräusch hörte, begriff O'Neill, das es sich lediglich um ein Ablenkungsmanöver handelte. Er fuhr herum.

Inmitten einer Horde von Replikatoren war ein Krieger in einer prunkvollen goldenen Rüstung in das Haus eingedrungen und hatte ihn fast erreicht. Sein Helm war geöffnet, sodass O'Neill erkennen konnte, dass er es nicht mit einem der Jaffa zu tun hatte. Fassungslos blickte er direkt in das Gesicht seines größten Erzfeindes.

Apophis.

Der Anblick überraschte ihn so, dass er einen Sekundenbruchteil zögerte. Als er seine Fassung zurückgewann und sein Gewehr in die Höhe riss, war es bereits zu spät.

Mit einem Sprung war der Goa'uld bei ihm und versetzte ihm einen wuchtigen Handkantenschlag in den Nacken, der O'Neills Bewusstsein auslöschte.

RAK'NORS ENTSCHEIDUNG

1

„Valar", murmelte Teal'c matt, als er wieder zu sich kam. „Shan'Auc..."

Als er die Augen öffnete und Rak'nor und die Kerkerzelle sah, wurde er sich bewusst, dass er wiederum nur Ereignisse neu durchlebt hatte, die bereits lange Zeit zurücklagen.

Shan'Auc hatte sich geirrt, als sie sagte, sie würden sich niemals wiedersehen. Es hatte viele Jahre gedauert, doch sie *hatten* sich wiedergetroffen, als sie vor wenigen Monaten zur Erde gekommen war, weil es ihr gelungen war, mit ihrem Symbionten in geistigen Kontakt zu treten. Sie hatte geglaubt, ihn vom Unrecht und der Grausamkeit der Goa'uld überzeugt zu haben. Doch Tanith, wie ihr Symbiont hieß, hatte ein falsches Spiel getrieben, um die Tok'ra zu infiltrieren. Für Shan'Auc war es schon zu spät gewesen, als sie die Wahrheit erkannt hatte. Tanith hatte sie grausam getötet, doch auch ihn hatte sein verdientes Schicksal ereilt.

Und Valar...

„Komm zu dir, Teal'c!", riss Rak'nors drängende Stimme ihn aus seinen Erinnerungen und holte ihn vollends in die Realität zurück. „Was ist mit meinem Vater? Du hast während deiner Ohnmacht gesprochen. Immer wieder hast du von einem Betrug gesprochen, und dass du Valar nicht getötet hättest. Was soll das heißen?"

„Ich... ich habe es auch nicht getan", berichtete Teal'c mühsam, nachdem er sich mit einem Blick überzeugt hatte, dass die Kamera ausgeschaltet war. Sein zertrümmertes Schienbein schmerzte unerträglich, dabei hatte es durch die Wirkung seines Symbionten bereits um ein Vielfaches schneller als bei einem normalen Menschen zu heilen begonnen. Wahrscheinlich waren die Bruchstellen schon wieder leicht zusammengewachsen. Stockend erzählte er, was sich damals zugetragen hatte.

„Du lügst!", fiel ihm Rak'nor schließlich ins Wort. „Ich habe von meiner Mutter gehört, was sich wirklich zugetragen hat. Mein Vater wurde hingerichtet, weil er an einer geplanten Rebellion gegen Apophis beteiligt war."

„Das ist nicht wahr", beteuerte Teal'c. „Ich habe Mo'Lar erzählt, was sich wirklich zugetragen hat."

„Willst du behaupten, dass meine Mutter mich belogen hätte? Wem werde ich wohl eher glauben, ihr oder einem Sho'va wie dir? Valars Schicksal hat sie zu einer glühenden Bekämpferin jedes frevlerischen Gedankenguts gemacht."

„Vielleicht hat sie dir deshalb nicht die Wahrheit gesagt", presste Teal'c hervor. „Zwar lebte Valar noch, doch für sie war er verloren, weil er nicht mehr nach Chulak zurückkehren konnte. Sie wollte verhindern, dass du eines Tages in seine Fußstapfen trittst."

Rak'nor überlegte ein paar Sekunden lang.

„Wenn es stimmt, was du sagst, müsste mein Vater demnach noch am Leben sein", folgerte er schließlich.

Obwohl die Bewegung ihm Schmerzen bereitete, schüttelte Teal'c den Kopf.

„Er starb wenige Jahre später", erklärte er. „Als Primus von Apophis erhielt ich den Befehl, eine Strafexpedition gegen ein Dorf auf dem Planeten Asap durchzuführen. Die meisten Bewohner wurden getötet. Unter den Opfern befand sich auch dein Vater. Er muss nach Asap geflüchtet sein und in dem Dorf Unterschlupf gefunden haben. Ich erkannte ihn, als ich die Toten inspizierte.

Wieder schwieg Rak'nor einige Sekunden.

„Selbst wenn es wahr wäre, was du sagst, so spielt es keine Rolle mehr", sagte er dann niedergeschlagen. „Apophis Rache hat ihn doch ereilt, wenn auch erst mit Verzögerung. Man kann sich nicht gegen seinen Gott auflehnen. Der Frevel hat meinen Vater das Leben gekostet, er hat dich hierher geführt, und wenn wir erst Bra'Tak in unsere Gewalt..." Erschrocken brach er ab, doch Teal'c hatte bereits genug gehört.

„Bra'Tak lebt also noch", murmelte er von grenzenloser Erleichterung erfüllt. „Ich wusste es, er durfte nicht tot sein."

„Ja, er lebt. Terok hat gelogen, um dich zu demoralisieren", gestand Rak'nor. „Irgendwie muss Bra'Tak von der Falle erfahren haben. Wir haben ihn gejagt, aber er ist untergetaucht und deshalb nicht bei dem Treffen erschienen. Glücklicherweise konnte er jedoch die anderen nicht mehr warnen. Vorhin habe ich die Nachricht erhalten, dass es ihm mit einigen Getreuen sogar gelungen ist, die meisten anderen Anführer des Widerstands wieder zu befreien." Sein Gesicht verzerrte sich zu einer Grimasse. „Was treibt diese Menschen bloß zu ihrem ungeheuerlichen Frevel? Woher kommt ihr Wahnsinn, woher nehmen sie die Verwegenheit, sich gegen die Allmacht der Götter aufzulehnen? Wie kannst du nach allem, was man dir angetan hat, noch immer an deiner Blasphemie festhalten?"

„Weil ich weiß, dass ich Recht habe", behauptete Teal'c. „Weil sich die Wahrheit nicht auf Dauer leugnen lässt."

„Die Wahrheit!“, schnaubte Rak’nor. „Die Wahrheit wird nur von den Göttern gemacht. Glaubst du nicht, dass deine unsterbliche Seele durch deine Blasphemie für alle Zeiten verdammt ist?“

„Vielleicht ist sie das, aber nicht wegen der Goa’uld, sondern nur wegen der Gräueltaten, die ich früher im Auftrag von Apophis begehen musste“, stieß Teal’c hervor. „Die Goa’uld sind nichts anderes als grausame, größenwahnsinnige Parasiten. Sie benutzen die Jaffa als lebende Brutkästen, bis sie sich einen menschlichen Wirt suchen. Ich habe die Welt gesehen, von der sie stammen, ich habe an den Sümpfen gestanden, aus denen sie gekrochen sind. Sie sind keine Götter, sie sind aus Fleisch und Blut wie du und ich.“

„Lüge!“ brüllte Rak’nor.

„Warum sollte ich lügen? Wenn es wirklich sein könnte, dass sie Götter sind, wenn ich wirklich glaubte, meine Seele könnte in alle Ewigkeit bestraft werden, warum sollte ich im Angesicht meines bevorstehenden Todes noch lügen? Damit wir ihre Larven aufnehmen können, haben sie unsere Körper manipuliert, so wie sie unser Denken mit falschem Glauben beeinflussen wollen.“

„Nur für deinen Glauben riskierst du in Sünde zu sterben und setzt alles daran, auch noch andere Jaffa zu verderben und mit dir in den Untergang zu reißen?“

„Ich bin von meinem Glauben so sehr überzeugt, dass ich bis zu meinem letzten Atemzug dafür einstehen werde, damit eines Tages alle Jaffa die Wahrheit erkennen und mein Werk fortsetzen: die Goa’uld fortjagen und für unser Volk die Freiheit erkämpfen.“

Rak’nor presste sich die Hände auf die Ohren.

„Ich höre mir diese falschen Verlockungen nicht länger

an“, keuchte er. Seine unsichere Stimme verriet die Zweifel, die in ihm tobten. Teal’c schöpfte Hoffnung, dass es ihm vielleicht doch noch gelingen könnte, ihn auf seine Seite zu ziehen, wenn ihm nur genügend Zeit blieb, aber in diesem Moment näherten sich vom Gang her Schritte.

2

Wie üblich hatte Terok einen Jaffa als Wache bei sich, als er den Kerker betrat. Sein Gesicht zeigte Wut und Verärgerung.

„Warum ist das Aufzeichnungsgerät nicht eingeschaltet?“, herrschte er Rak’nor an. „Ich habe doch ausdrücklichen Befehl gegeben, es sofort zu aktivieren, wenn der Gefangene aufwacht.“

„Ich wollte es gerade einschalten“, beteuerte Rak’nor. „Er ist erst vor wenigen Sekunden zu sich gekommen.“

Teal’c bemühte sich, sich seine Überraschung nicht anmerken zu lassen. Rak’nors Worte waren mehr als nur eine Ausrede. Sie waren eine bewusste Lüge gegenüber einem Goa’uld, einem Wesen, das er als Gott betrachtete. In seinen Augen musste auch das eine Sünde darstellen, die noch vor kurzem bei ihm undenkbar gewesen wäre.

„Schweig!“, donnerte Terok. Er holte mit dem Schmerzstock aus und schlug die Kamera von ihrem Sockel. „Das Ding hat ohnehin keinen Sinn mehr.“

„Du wolltest meine Demütigung aufzeichnen“, zischte Teal’c. „Hast du eingesehen, dass du stattdessen nur ganz Chulak zum Zeugen deines eigenen Versagens gemacht hast?“

Wut verzerrte Teroks Züge, und er richtete den Schmerzstock gegen Teal'c, schien es sich dann aber anders zu überlegen.

„Ich bedauere, dass ich nicht mehr die Zeit habe, deinen Widerstand zu brechen“, sagte er. „Aber dich erwartet ein Schicksal, das tausendmal schlimmer ist als alles, was ich dir antun könnte. Um seine neue Allianz mit Apophis zu besiegeln, hat Heru'ur beschlossen, dich ihm als Geschenk auszuliefern. Ich habe Befehl, dich zu ihm zu schicken.“

Teal'c biss die Zähne zusammen. Er wusste, dass Terok nicht übertrieb. Apophis hasste ihn so sehr, dass er ihm alle nur erdenklichen Qualen zufügen würde, um sich für seinen Verrat zu rächen.

„Apophis wird keinerlei Gnade dir gegenüber walten lassen“, fuhr Terok fort. „Er ist nicht so gnädig wie ich. Dies ist deine letzte Chance: Bereue, dass du gegen die Goa'uld gesündigt hast, und erkenne uns als deine Götter an, dann bin ich trotz allem bereit, deine Seele zu retten.“

„Niemals!“, stieß Teal'c hervor.

„Wie du willst. Macht ihn los!“

Rak'nor und der zweite Jaffa eilten zu Teal'c und begannen seine Ketten zu lösen. Kaum hatte man ihn befreit, rammte Teal'c dem Bewacher des Goa'uld seinen Ellbogen wuchtig ins Gesicht und versetzte ihm unmittelbar darauf noch zwei Faustschläge, die den Jaffa vollends ins Reich der Träume beförderten. Gleich darauf jedoch brach er zusammen, als er sein gebrochenes linkes Bein zu belasten versuchte und es mit grässlichen Schmerzen unter ihm wegsackte.

„Du Narr!“, tobte Terok. „Was wolltest du damit erreichen? Willst du in deinem Zustand gegen einen Gott kämpfen? Dann komm, ich bin bereit.“

Er aktivierte sein Handmodul. Erneut griffen die goldenen Energien nach Teal'c Kopf, schienen ihn wie eine Lanze zu durchbohren und begannen ihm seine Kraft und Lebensenergie zu entziehen. Gequält stöhnte er auf und warf Rak'nor einen hilflosen Blick zu.

Zwei Sekunden verstrichen, drei, vier.

„Gebieter, Ihr werdet ihn umbringen!“, stieß Rak'nor hervor.

„Und wenn? Nichts wäre mir eine größere Befriedigung, als ihn wenigstens ein einziges Mal sterben zu sehen!“ Teroks Gesicht war vor sadistischer Freude verzerrt.

„Hilf... mir!“, krächzte Teal'c fast unhörbar. Rak'nor war der innere Kampf deutlich anzusehen, den er mit sich ausfocht.

„Gebieter...“, unternahm er einen neuen Anlauf.

„Schweig endlich!“, brüllte der Goa'uld.

„Aber Gebieter, Ihr dürft...“

Teal'c merkte, wie ihm die Sinne schwanden. Er war dem Tod näher als dem Leben und alles verschwamm vor seinen Augen, doch plötzlich riss der saugende Energiestrom ab. Dafür hörte er Terok schreien. Als sich sein Blick wieder etwas klärte, sah er aus Augen und Mund des Goa'uld das goldene Licht des Schmerzstocks leuchten, den Rak'nor ihm entrissen und gegen ihn gerichtet hatte.

Mehrere Sekunden lang brüllte Terok vor Schmerz, dann zog Rak'nor den Schmerzstock zurück. Der Goa'uld brach zusammen und blieb regungslos am Boden liegen.

Teal'c rang sich ein schwaches Lächeln ab.

„Ich... wusste, dass... Valars Sohn doch noch... die richtige Entscheidung... treffen würde“, brachte er gequält über die Lippen.

SHOWDOWN

1

„Wahnvorstellungen", murmelte O'Neill und massierte seinen schmerzenden Nacken. „Ich kann es immer noch nicht richtig glauben. Ich habe die Jaffa und die Replikatoren so deutlich gesehen, wie ich Sie jetzt vor mir sehe."

„Mir ging es nicht anders", entgegnete Sam. „Und für die Tobin selbst waren die Halluzinationen so real, dass sich ihre ganze Zivilisation gegenseitig ausgerottet hat. Aber Sie haben ja selbst gesagt, dass sich Jaffa und Replikatoren unmöglich verbünden können. Durch die halluzinogenen Sporen hat jeder von uns eine Art persönlichen Albtraum nach außen projiziert, und dabei haben wir uns auch noch gegenseitig beeinflusst. Für die Tobin waren Sokars Krieger ohnehin die schlimmste Bedrohung, die sie sich vorstellen konnten. Auch ich habe zunächst Jaffa gehört und Daniel davon erzählt, der sie daraufhin ebenfalls hörte und sah. Genauso bei Ihnen. Erst durch meine Schilderung tauchten Apophis' Krieger in Ihrer Vision von den Replikatoren auf, und ich sah plötzlich einige dieser widerlichen Krabbelviecher. Hätte ich stattdessen am Anfang irgendwelche Fabelwesen gesehen, hätten wir vielleicht geglaubt, von Drachen angegriffen zu werden. Tut mir übrigens Leid, dass ich Sie niederschlagen musste. Tut es noch sehr weh?"

„Es geht. Schlimmer wäre es gewesen, wenn wir uns vorher begegnet wären. Dann wäre einer von uns jetzt wahrscheinlich nicht mehr am Leben. Ich habe Sie wirklich für Apophis gehalten.“ Er schüttelte sich. „Brr, mein ganzes Leben wollte ich nichts von Drogen wissen, und dann werde ich auf einmal gleich derartig high. Wie haben Sie mich eigentlich gefunden?“

„Bevor Sie meine Stimme für die eines Goa'uld hielten, haben Sie ja zum Glück von dem Haus mit der blauen Fahne erzählt. Dad hat das Stadtzentrum aus der Luft abgesucht und uns dann ans Ziel gelotst.“

„He, Jakob, gut dass Sie nicht auch was von dem Zeug eingeatmet und stattdessen mit den Bordwaffen auf mich geschossen haben“, rief O'Neill zu dem Tok'ra hinüber.

Sie befanden sich wieder an Bord des Transportschiffes. Während ihres Aufenthalts auf Tobin war Apophis mit seinem Mutterschiff eingetroffen, hatte sie auf Grund der Tarnung des Frachters aber nicht entdeckt.

„Einen Moment lang habe ich sogar mit dem Gedanken gespielt, dann hätten Sie einen echten Grund gehabt, auf die Tok'ra sauer zu sein“, gab Jakob zurück. „Übrigens, wir bekommen Besuch. Heru'ur trifft ein. Wie kommen Sie voran, Doktor Jackson? Die Zeit drängt allmählich.“

„Ich habe fast alle Informationen, die ich brauche“, erwiderte Daniel, ohne von seinen Unterlagen aufzublicken. Er hatte etwas vor sich liegen, das etwa wie ein Schnellhefter von einem Zentimeter Dicke aussah. Statt aus Papier bestanden die Blätter darin jedoch aus hauchdünner Folie, so dass es sich insgesamt um fast tausend Seiten handelte.

„Wenn Sie den Schmöker da erst ganz lesen wollen, ist die Mine in hundert Jahren noch nicht umprogrammiert“, meinte O'Neill. „Was ist das eigentlich für ein Ding?“

„Nachdem ich festgestellt hatte, wie ähnlich die Zivilisation der Tobin unserer war, habe ich mir gedacht, dass sie wohl auch ähnlich wie wir in fast jedem Haushalt so etwas wie ein Lexikon oder ein Wörterbuch hatten", erklärte Daniel. „Deshalb bin ich vor Jakobs Landung nochmal kurz auf die Suche gegangen und auf Anhieb fündig geworden. Ist nicht ganz so gut wie es Konstruktionspläne der Minen wären, aber inzwischen habe ich Erklärungen für fast sämtliche Symbole und Begriffe gefunden, die ich vorher nicht verstanden hatte."

„Dann war unser Ausflug wenigstens nicht umsonst, ist ja auch schon etwas." O'Neill ging zum Pilotencockpit und blickte durch die Frontscheibe nach draußen. Ein Stück von dem Minengürtel entfernt wurde gerade die Schwelle zwischen Normal- und Hyperraum in einer grellen Lichtexplosion aufgerissen, aus der ein Schlachtschiff der Goa'uld hervorgeschossen kam.

„Wollen wir uns doch mal anhören, was die beiden sich zu sagen haben." Jakob aktivierte einen Bildschirm. Er war zweigeteilt, auf der einen Seite war Heru'ur zu sehen. Er trug eine Rüstung, die mit ihrer schweren Panzerung archaisch wirkte, sodass sein kahlgeschorener Schädel, der aus der wuchtigen Halskrause ragte, geradezu klein wirkte.

Apophis hingegen war in ein rotes und schwarzes Phantasiekostüm gekleidet und von mehreren leicht bekleideten Frauen umgeben, die ihn streichelten und massierten. Entspannt lümmelte er sich auf seinem Thron. Seine rechte Wange und Schläfe waren noch immer von Metallimplantaten verunstaltet; Spuren der Folter, die er während seiner Gefangenschaft durch Sokar erleiden musste.

Worte in der Sprache der Goa'uld drangen aus einem Lautsprecher.

„Heru'ur sagt, Apophis Streitmacht sei mächtig, aber nicht stark genug, es mit den vereinten Armeen der Systemlords aufzunehmen“, übersetzte Jakob. „Mit seiner Unterstützung jedoch könnte es eine schnelle Entscheidung zu ihren Gunsten geben.“

„Und Apophis?“

„Er will wissen, was Heru’ur als Gegenleistung verlangt.“ Jakob lauschte dem Dialog einige Sekunden lang. „Heru’ur sagt, er will die Herrschaft über alles behalten, was ihm momentan gehört, außerdem fordert er den gesamten früheren Besitz von Chronos.“

„Aber er muss doch wissen, dass Apophis ihn irgendwie reinlegen wird.“

„Heru’ur bietet Apophis ein Geschenk als Zeichen seiner Verehrung und Loyalität. Wenn Apophis es annimmt, werden sie einen Eid leisten, um die Allianz zu bekräftigen.“

„Und wie sieht sein Angebot aus?“, fragte O’Neill, als Jakob nicht von sich aus weitersprach, sondern scharf einatmete.

„Teal’c“, erklärte der Tok’ra.

2

Für einige Sekunden breitete sich lähmendes Schweigen aus.

„Aber … das ist unmöglich“, stieß Sam schließlich hervor. Sie legte ihre Berechnungen zur Seite, stand auf und kam ebenfalls zur Pilotenkanzel. „Teal’c ist doch auf Chulak.“

„Offenbar nicht. Man kann ihn anscheinend keine fünf Minuten allein lassen.“ O’Neill deutete auf den Monitor. Wo zuvor noch Heru’ur zu sehen gewesen war, wurde plötzlich ein Bild des in Ketten gelegten und offensichtlich schlimm misshandelten Teal'c eingeblendet. „Wenn ich diese Dreckskerle in die Finger bekomme..." In ohnmächtigem Zorn ballte er die Fäuste.

„Apophis erklärt sich einverstanden", berichtete Jakob. „Der Transfer soll schon in ein paar Minuten durchgeführt werden."

„Das müssen wir verhindern. Wir können uns wohl alle denken, was Apophis mit Teal'c anstellt, wenn er ihn in die Hände bekommt."

„Aber was sollen wir dagegen tun? Sollen wir mit dieser Nussschale zwei Goa'uld-Mutterschiffe angreifen? Wir bräuchten uns nicht einmal Sorgen zu machen, dass die beiden uns vernichten würden, denn das würden schon die Minen da draußen erledigen, wenn wir das Feuer eröffnen würden." Jakob schüttelte den Kopf. „Es tut mir Leid, Jack. Ich weiß, Teal'c ist Ihr Freund, aber wir können absolut nichts für ihn tun." O'Neill biss die Zähne so fest zusammen, dass sie knirschten. Er wusste, dass Jakob Recht hatte, und dennoch sträubte sich alles in ihm gegen den Gedanken, Teal'c so einfach im Stich zu lassen.

„Ich denke, ich habe jetzt alle nötigen Informationen und fange an, die Mine umzuprogrammieren", teilte Daniel mit, doch O'Neill hörte ihn kaum.

„Vielleicht können wir später etwas für ihn tun", sagte Sam und legte ihm tröstend die Hand auf die Schulter. „Wenn es uns gelingt, einen Krieg zwischen den beiden zu entfachen, wird Apophis damit erst einmal ziemlich beschäftigt sein."

„Unsere Spione könnten bestimmt erfahren, wohin man Teal'c bringt", ergänzte Jakob. „Aber eine Befreiungsaktion dürfte so gut wie unmöglich werden."

„Es hieß auch, dass eine Flucht aus Sokars Kerker auf Ne'thu unmöglich wäre, und trotzdem haben wir Sie da raus geholt", erwiderte O'Neill. Er schöpfte wieder etwas neue Hoffnung.

„Ne'thu", wiederholte Sam und schnippte aufgeregt mit den Fingern. „Natürlich, das ist es. Erinnert ihr euch noch, wie uns damals die Flucht gelang? Teal'c steuerte ein Schiff genau in einen Transportstrahl und fing uns mit dem Ringtransporter ab. Und ich denke, dass auch Teal'c auf diese Art an Apophis überstellt werden soll."

„Carter, manchmal möchte ich Sie am liebsten umarmen!", rief O'Neill.

„Jakob, kriegen Sie das hin?"

Der Tok'ra zögerte.

„Die Chancen stehen nicht besonders gut", antwortete er. „Es wäre ein reiner Glückstreffer. Das war es auch damals schon. Außerdem müsste ich dafür kurzzeitig unsere Tarnung aufgeben."

„Trotzdem müssen wir es wenigstens versuchen. Teal'c hat das Gleiche für uns riskiert."

Langsam, fast widerwillig, nickte Jakob.

„Also gut", sagte er. „Versuchen wir es. Wie sieht es aus, Daniel?"

„Bin gleich fertig." Jackson lag unter der Mine und hantierte in der Öffnung herum. „So, das war's." Er verschloss die Klappe und kroch unter dem Sprengkörper hervor.

„Dann nichts wie raus mit dem Ding. Sam, übernimm du das", erteilte Jakob Anweisungen. „Ich berechne einen Kurs, der uns genau zwischen die beiden Schiffe bringt."

3

Ohne Schwierigkeiten wurde die Mine mit dem Ringtransporter wieder ins All versetzt. Die ganze Zeit über hatte O'Neill diesen Moment herbeigesehnt, doch jetzt vermochte er keine Erleichterung zu verspüren. Die Sorge um Teal'c überlagerte alles andere.

„Wie lange wird es dauern bis die Mine explodiert?", erkundigte er sich.

„Das weiß niemand", erklärte Jakob. „Unser Spion an Bord von Apophis' Schiff muss davon ausgehen, dass wir sie wie geplant umprogrammiert haben, und er wird das entsprechende Peilsignal senden, wenn er den günstigsten Augenblick für gekommen hält. Wir können keinen Kontakt mit ihm aufnehmen."

„Das heißt, es könnte auch passieren, während wir uns gerade zwischen den Schiffen befinden?", vergewisserte sich O'Neill skeptisch. „Ich meine, ich bin bereit dieses Risiko für Teal'cs Leben einzugehen, aber grundsätzlich erscheint es mir ziemlich verrückt, mitten in einem Minenfeld herumzufliegen, wenn man weiß, dass eines davon in absehbarer Zeit hochgehen wird. Könnte es nicht zu einer Kettenreaktion kommen?"

„Nein, keine Gefahr", antwortete Daniel an Jakobs Stelle. „Sonst hätten sie als Schutz auch nicht viel genutzt. Dann hätten die Goa'uld bei einem Angriff auf Tobin ja nur eine Mine abzuschießen brauchen, und der Weg wäre für sie frei gewesen, wenn direkt alle explodiert wären. Ihre Programmierung ist so komplex, dass sie berechnen, wie viel Sprengkraft nötig ist, um ein Ziel zu zerstören, das ihren Energiesignaturen entspricht. Entsprechend viele der am nächsten befindlichen Minen nehmen dann Kurs auf dieses

Ziel, während die anderen von der Explosion unberührt bleiben."

„Sehr beruhigend, wenn Sie das sagen", brummte O'Neill. „Ich habe zwar nur die Hälfte verstanden, aber ich verlasse mich da ganz auf Sie."

Gebannt beobachtete er, wie sie sich den beiden regungslos im All hängenden riesigen Raumschiffen näherten. Beide beruhten auf derselben Bauweise, einer flachen, sternförmig gezackten Grundfläche mit einer goldenen Pyramide darauf. Allerdings war Apophis' Schiff um gut die Hälfte größer. Es handelte sich um eine neue Baureihe, die noch von Sokar entwickelt worden war, und über die bislang nur Apophis verfügte.

Dennoch war auch Heru'urs Schiff um mehr als das Hundertfache größer als der Frachter, der sich gegenüber den beiden Giganten wie ein Beiboot ausnahm.

Ein leuchtendes weißes Band aus Energie baute sich plötzlich zwischen den beiden Schiffen auf.

„Der Materiestrom", sagte Jakob. Er beschleunigte das Schiff mit Höchstwerten, steuerte es direkt auf das Band zu. „Sam, aktiviere das Transportsystem. Ich gebe jetzt unsere Tarnung auf."

Der eigentlich Transport wurde durch eine Energieblase sichtbar gemacht, die den Strahl entlang raste, im gleichen Moment, in dem Jakob das Frachtschiff hindurchsteuerte.

Zu spät! Die Differenz betrug nur Bruchteile von Millisekunden, doch diese reichten aus. Die Energieblase verschwand in Apophis' Schiff, der Transportstrahl erlosch.

„Wir haben ihn verpasst", erklärte Jakob.

„Verdammt. Und was jetzt?", fragte O'Neill.

„Ich tarne das Schiff wieder, und wir verschwinden auf schnellstem Wege. Tut mir Leid, wir haben versucht, was in unserer Macht steht. Es wäre Selbstmord, wenn wir länger blieben.“ Er zeigte auf einen sich bewegenden Punkt auf einem der Bildschirme. „Die Mine ist richtig umprogrammiert worden. Sie nimmt Kurs auf Apophis’ Schiff.“

4

Apophis war zufrieden. Das Bündnis zwischen ihm und Heru’ur würde das Ende der Systemlords einläuten. Mit ihren vereinten Armeen würden sie jeden Widerstand brechen. Dann wäre er, dessen früheres Reich nach dem missglückten Angriff auf die Erde von ihnen zerschlagen und unter sich aufgeteilt worden war, den sie ausgestoßen und gejagt hatten, der unumschränkte Herrscher über die gesamte Galaxis sein. Und was Heru’ur betraf... Auch für dieses Problem würde sich eine Lösung finden, wenn die Zeit gekommen war.

Mehr noch als die Aussicht auf seine bald nahezu uneingeschränkte Macht erregte ihn im Moment jedoch das Geschenk, das Heru’ur ihm machen wollte. Seit Jahren schon fieberte er dem Augenblick entgegen, in dem Teal’c endlich vor ihm im Staub kriechen würde. Der ungeheuerliche Verrat des Sho’va schrie nach Rache, und nun war der Zeitpunkt dafür endlich gekommen.

Es war ein guter Tag.

„Der Materiestrom wurde aktiviert, mein Gebieter“, berichtete einer der Jaffa an den Steuerkonsolen des Schiffes. „Der Transportvorgang ist eingeleitet.“

„Lasst Teal’c sofort zu mir bringen, sobald er eintrifft!“

Auf dem Hauptbildschirm wurde das helle weiße Band zwischen den beiden Schiffen angezeigt, als plötzlich wie aus dem Nichts ein kleines Schiff sichtbar wurde, das Kurs auf den Materiestrom nahm.

„Was ist das? Was hat das zu bedeuten?“, schnappte Apophis.

„Ein unbekanntes Schiff hat sich enttarnt und versucht, den Transportstrahl zu unterbrechen, mein Gebieter. Es ist ihm jedoch nicht gelungen, der Sho’va befindet sich an Bord. Das unbekannte Schiff tarnt sich wieder.“

Ein Schott glitt auf, und zwei Jaffa schleppten einen bewusstlosen bärtigen Mann herein, den sie vor Apophis auf den Boden legten.

„Heru’ur hat ihn an Stelle des Sho’va geschickt“, erklärte einer von ihnen. „Es handelt sich um Terok, einen in seinen Diensten stehenden Goa’uld.“

„Stelle sofort eine Verbindung zu Heru’ur her!“, befahl Apophis. „Ich verlange eine Erklärung von ihm. Wenn er mich zu hintergehen versucht, wird er es bitter…“

Eine Explosion erschütterte das Schiff.

„Wir werden angegriffen, Gebieter!“

Auf dem Bildschirm wurde das Gesicht Heru’urs sichtbar.

„Du wagst es, mich anzugreifen?“, donnerte Apophis. „Erst betrügst du mich, was den Sho’va betrifft, und nun eröffnest du auch noch das Feuer auf mich?“

„Lass dir erklären, Apophis“, versuchte sich der Goa’uld zu rechtfertigen. „Ich habe nichts damit zu tun. Es ist Verrat!“

„Ja, dein Verrat! Aber es wird auch dein letzter sein.“ Apophis unterbrach die Verbindung. „Gebt der Flotte den Befehl zum Angriff!“

5

„Was ist das?“, rief Sam.

Nur wenige Sekunden nach der Explosion der Mine schien ein Teil des Universums rings um Apophis’ Schiff plötzlich zu flimmern wie heiße Luft über einer Herdplatte. Aus dem Flimmern schälten sich die Umrisse von Schiffen. Es handelte sich um acht Schlachtschiffe, nicht so groß wie das Mutterschiff von Apophis’ selbst, aber immer noch eine beeindruckende Streitmacht.

„Das ist doch nicht möglich“, stieß Jakob hervor. „Die Goa’uld konnten ihre Mutterschiffe noch nicht komplett tarnen, geschweige denn eine ganze Flotte!“

„Nun, offensichtlich hat Apophis dieses Problem gelöst“, stellte O’Neill fest. „Ich schlage vor, wir…“

„Dieser Wahnsinnige!“, fiel ihm Jakob aufgeregt ins Wort. „Nein, das darf nicht geschehen!“

Apophis Mutterschiff beschleunigte mit Höchstwerten, kaum dass es den Rand des Minenfeldes erreicht hatte, wechselte es in den Hyperraum und verschwand, während gleichzeitig seine Begleitschiffe das Feuer auf Heru’ur eröffneten.

Eine Salve von ungeheurer Feuerkraft hämmerte auf das Schiff des Goa’uld ein, das vergeblich zu fliehen versuchte. Schon der erste Angriff vernichtet den größten Teil der pyramidenförmigen Hauptsektion. Eine zweite Salve vernichtete das Schiff vollends. Ein gewaltiger Glutball blähte sich dort auf, wo es sich gerade noch befunden hatte.

Aber auch Apophis Schiff kamen nicht unbeschadet davon. Sobald sie das Feuer eröffnet hatten, hatten sie damit auch die Minen in ihrer Umgebung aktiviert. Dutzend von ihnen rasten auf jedes der Schiffe zu. Weitere Explosionen erfüllten das All, als eines der Schiffe nach dem anderen zerstört wurde. Alles dauerte nicht länger als ein paar Sekunden, dann waren sowohl Heru'urs Mutterschiff wie auch die Schlachtschiffe aus Apophis' Konvoi zerstört. Der Goa'uld hatte sie mitsamt ihrer mehrere tausend zählenden Besatzung eiskalt geopfert, um sich an seinem Rivalen für den vermeintlichen Verrat zu rächen.

„Nein", murmelte Jakob noch einmal matt und klammerte sich an den Lehnen des Pilotensitzes fest. Er war blass geworden.

„Immerhin ist Heru'ur tot und Apophis hat mehrere Schlachtschiffe verloren", meinte O'Neill. „Ich finde, es hätte schlimmer kommen können."

„Kaum", erwiderte Jakob niedergeschlagen. „Dazu hätte es nicht kommen dürfen. Angesichts der Möglichkeiten, die ihm mittlerweile zur Verfügung stehen, tut der Verlust der Schiffe Apophis nicht weh, und einer seiner bedeutendsten Widersacher ist aus dem Weg geräumt. Jetzt ist fast das Gegenteil von dem eingetreten, was wir erreichen wollten."

„Kein Krieg zwischen den beiden."

„Genau. Aber niemand konnte vorhersehen, dass Apophis eine ganze geplante Flotte ins Minenfeld mitnimmt."

„Und was wird jetzt geschehen?", fragte Sam beklommen.

„Die Systemlords werden wie die Aasgeier über Heru'urs Nachlass herfallen um sich eine Scheibe vom Kuchen abzuschneiden, aber den Löwenanteil wird sich Apophis selbst sichern. Er wird Heru'urs Streitkräfte in seine eigenen eingliedern und dadurch noch mächtiger als zuvor werden. Er..."

Jakob unterbrach sich, als eine Anzeige auf seinem Display rot zu blinken begann. Rasch drückte er einige Tasten. Die Umrisse eines Todesgleiters erschienen auf dem Bildschirm vor ihm.

„Die Sensoren melden einen Gleiter, der von Heru'urs Schiff entkommen konnte, ehe es explodierte."

„Heru'ur persönlich?", vermutete Daniel.

„Wenn er es ist, wird er uns auf keinen Fall entkommen." Jakob stellte eine Funkverbindung zu dem Gleiter her und sprach einige Worte in der Sprache der Goa'uld, in der er auch prompt eine Antwort erhielt. Sein Gesicht zeigte Überraschung. „Auf die Frage, welchen Gott er verehrt, hat der Pilot mit dem Passwort der Tok'ra geantwortet. Hier ist Selmak. Gib dich zu erkennen. Wer bist du, und woher hast du gewusst, wie du mir antworten musst?"

„Mein Name ist Rak'nor. Ich bin der Jaffa, der Teal'c zur Flucht verholfen hat. Er hat mir das Passwort genannt."

„Teal'c?", keuchte O'Neill ungläubig. „Aber das ist… Woher sollen wir wissen, dass wir dir glauben können?"

Einige Sekunden herrschte Stille.

„Es ist schön… dich zu hören, O'Neill", drang dann Teal'cs Stimme aus den Lautsprechern. Sie war schwach und kaum zu verstehen, verriet die Qualen, die er durchgestanden hatte, aber es war eindeutig Teal'cs Stimme.

Unendliche Erleichterung überfiel O'Neill, und den anderen erging es ebenso.

„Wir bitten an Bord kommen zu dürfen", meldete sich wieder Rak'nor.

„Erlaubnis erteilt", antwortete Jakob. „Bleib wo du bist, wir holen euch ab."

O'Neill räusperte sich.

„Also, soweit es mich betrifft, hat sich unsere Mission damit trotz aller Schwierigkeiten mehr als gelohnt."

Er bekam keine Antwort, dafür ertönte hinter ihm ein explosionsartiges Niesen.

„Entschuldigung, aber kann mir vielleicht mal jemand mit einem frischen Taschentuch aushelfen?", fragte Daniel.

ENDE

Im Burgschmiet Verlag sind aus der StarGate-Reihe
bisher erschienen:

Martin Eisele: Kinder der Götter
ISBN 3-932234-14-6

Wolfgang Hohlbein: Der Feind meines Feindes
ISBN 3-932234-21-9

Wolfgang Hohlbein: Kreuzwege der Zeit
ISBN 3-933731-25-9

Wolfgang Hohlbein: Jagd ins Ungewisse
ISBN 3-933731-26-7

Wolfgang Hohlbein: Unsichtbare Feinde
ISBN 3-933731-67-4

Wolfgang Hohlbein: Tödlicher Verrat
ISBN 3-933731-84-4

Wolfgang Hohlbein und Frank Rehfeld:
Episodenguide 1
ISBN 3-933731-48-8

Wolfgang Hohlbein und Frank Rehfeld:
Episodenguide 2
ISBN 3-933731-68-2

www.tvspielfilm.de
Wir lesen was,
was Du nicht liest!
TV SPIELFILM holen. Nur das Beste sehen.
TV SPIELFILM
Alle Filme mit